바다와 꽃신

이 천 도

문명의 끝

도시의 폐허

그리고
인간에 대한
그리움

이 소설은 작은 섬마을 늙은 어부와 굴곡진 그 일생에 대한 애상적 회고의 기록이다. 또한 별빛이 사라진 도시의 밤과 그 폐허의 회복을 위한 반성적 기도이자 조심스러운 치유의 메시지다. 이야기의 도입부는 이렇다.

(이태 전 팔순을 앞둔 섬마을 어부 무성은 평생을 함께한 아내 해인이 세상을 뜬 뒤 낙심하여 뱃일에 흥미를 잃고 집에 틀어박힌다. 그렇게 시간이 흐른다. 그러던 어느 날. 어느덧 팔순을 넘긴 노인은 모처럼 고깃배를 몰아 밤배질을 나갔다가 뜻밖에도 작은 별 모양의 오각형 물체 하나를 건져 올린다. 다음 날 노인은 그 별 모양의 물체가 자신의 모자 정면에 장식처럼 딱 달라붙

어 있는 것을 발견한다. 그 후 노인은 마을 포구 선착장에서 갑자기 눈이 멀게 되고 동시에 먼먼 과거로의 시간 여행을 떠난다.)

이렇듯 그 시절 소년으로 되돌아간 늙은 어부의 성장 과정을 따라가며 이야기는 줄곧 전개된다. 그 과정에서 전날의 독재와 광기, 고통받는 민중, 그 아픈 과거와 오욕으로 얼룩진 현대사가 맞물리며 이야기는 계속 현재를 향해 나아간다. 그렇게 소년은 다시 노인이 되고 어느 순간 문득 눈을 뜨면서 현재로 되돌아온다. 그 밤. 그 작은 별 모양의 물체 또한 노인의 모자에서 떨어져 밤하늘로 되돌아간다.

CONTENTS

1부

낙하하는 작은 별은
외로움에 지친 꽃이다.

1. 작은 별

다시금 도시의 하루가 저물고 고단한 대지 위로 먹빛 어둠살이 내리자 밤하늘에 이윽고 작은 별 하나가 돋아났다. 누구 하나 바라보는 이는 없지만 그래도 어김없이 떠올라 작은 별은 또다시 고집스레 여린 빛을 까물거린다. 밤거리엔 변함없이 형형색색의 네온들이 깨어나 울긋불긋 화려하게 오색 꽃을 피운다. 작은 별은 잠잠히 밤거리를 내려다보다 한순간 눈이 부셔 그만 질끈 눈을 감고 말았다.

잠시 후 작은 별은 도로 눈을 뜨고 파르르 몸을 떨며 잇달아 자신의 여린 빛을 한껏 북돋워보았다. 어떻게든 자기 빛을 더 강렬하게 증폭하여 저기 저 아래 지상의 밤거리를 오가는 뭇 도시인의 관심을 예전처럼 자기 쪽으로 되돌리려는 안타까운 시도였다. 하지만 그런 자신의 의지와는 달리 빛은 자꾸만 더 흐릿흐릿해지고 그러다 마침내 작은 별은 제풀에 지쳐 그만 연거푸 식식 가쁜 숨을 몰아쉬었다.

그랬다. 작은 별은 그 순간 몹시도 힘이 부쳤다. 그간 지칠 대로 지친 나머지 이제 더는 자기 빛을 지탱하는 것조차도 버겁게 느껴졌다. 그런 작은 별이 측은해 보였는지 밤의 저편에서 말없이 초승달이 이편을 바라다보았다. 언제나처럼 은은히 미소를 머금고 짐짓 안쓰러운 기색을 감추면서 초승달은 나직하게 혼잣말로 중얼거렸다.

'내 빛을 좀 나눠주면 좋으련만.'

하지만 자기 역시 휘영청 밝은 보름달이 아닌 이제 막 어슴푸레하게 빛을 품은 초사흘 달인지라 초승달은 사뭇 마음만 굴뚝같을 뿐 끝내 어쩔 도리가 없어 부질없이 홀로 애만 태웠다.

초승달은 저도 모르게 푸 한숨이 새어나왔다. 아직 휘황한 보름달까진 아니어도 그저 반달 정도만이라도 차올랐더라면 초승달은 벌써 아낌없이 자기 빛을 덜어내 거기 그 가여운 작은 별을 금세 반짝반짝 빛나는 싱싱한 모습으로 되살렸을 터였다. 그러는 사이 작은 별은 더욱더 힘이 빠졌다. 이젠 정녕 별이라는 이름조차 무색하리만치 야윌 대로 야위고 말았다.

그러면서 자연 동무들 생각이 떠올랐다. 지난날 그 많았던 동무들은 다 어디로 갔을까. 저녁별에서 새벽별까지 작은 별은 하나하나 동무들의 얼굴을 떠올리며 맘속으로 가만가만 그 이름을 되새겨 보았다. 어느덧 그 옛날의 동무들을 향한 추억과 애정과 그리움으로 작은 별의 가슴은 마구 터질 듯이 벅차올랐다. 그 바람에 흐릿했던 빛이 일시적으로 부쩍 열기를 띠면서 전에 없이 영롱하게 광채를 발했다. 그러면서 별안간 그때 그 시절로 되돌아간 듯 낭랑하게 울리는 동무들의 노랫소리가 귀를 스쳤다.

반짝반짝 별무리
밤하늘에 총총

소곤소곤 별무리
은하수에 총총

별 하나 별 둘, 꿈 하나 꿈 둘
별 하나 별 둘, 시 하나 시 둘
별 하나 별 둘, 꽃 하나 꽃 둘

2. 추락

초승달은 일순 앗! 하고 외마디를 내질렀다. 너무 놀란 나머지 당장 제자리를 벗어나 무작정 작은 별 쪽으로 냅다 튀어나갈 기세였다. 실로 아찔한 순간이었다. 하마터면 불시에 억만 년의 법칙(지엄한 천체의 언약)을 깨고 자칫 그 자신의 궤도를 털컥 이탈할 수도 있었던 위기일발의 순간이었다. 천만다행히 그 순간에 본능적인 자제력을 발휘해 제자리를 이탈하지 않고 초승달은 간신히 그 충동을 내리눌렀다.

그러는 사이 작은 별은 제자리에서 톡 떨어져나가 저만치 어둠 아래로 속절없이 곤두박질하고 있었다. 이는 불가항력이었다. 아까 그렇듯 자기 빛을 증폭하려고 다소 무리하게 체력을 소모한 데다 곧이어 동무들을 향한 절절한 그리움에 사무쳐 일순간 전신의 에너지를 죄 끌어모아 한꺼번에 왈칵 발산해버린 나머지 작은 별은 결국 제자리를 지탱하는 최소한의 근력마저 돌연 소진하고 만 것이다.

초승달은 그렇게 망연한 표정으로 저만치 추락하는 작은 별을 계속 내려다보았다. 작은 별은 기실 밤하늘에 남아 있는 최후의 별빛이자 또한 별이라는 이름으로 기억되는 유일하고도 향기로운 마지막 숨결이었다. 더구나 작은 별은 초승달에게도 단 하나뿐인 밤하늘의 이웃이자 정든 동반자였다.

초승달은 그러나 하나뿐인 이웃을 잃는 것에 대한 서운함보다 끝내 최후의 별빛마저 잃어버린 밤하늘의 공허와 그 운명의 삭막함이 더 사무치게 제 가슴을 엄습해왔다.

한데 여기서 돌연적인 '의문' 하나가 불쑥 튀어 오른다. 이런 것이다. 별은 왜? 무슨 이유로? 그러니까 별은 무엇 때문에 자기들의 무대인 밤하늘에서 홀연 사라진 걸까? 그나저나 초승달은 혹여 그에 대한 답(또는 비밀)을 알고 있을까? 아니, 초승달이라면 으레 그에 대한 답(아무도 모르는 그 은밀한 내막)을 알고 있지 않을까? 마침 누군가가 궁금증을 참지 못해 물어보았는지 이윽고 초승달은 말한다.

− 별은 사실 밤하늘을 바라보는 '인간들의 눈망울을 양분으로 삼아' 살아가는 연약한 생명체라고. 별은 또한 자신들을 바라보는 '인간들의 눈빛(관심)을 받아 모아' 그 안에서 차곡차곡 그 숨결을 보듬고, 그렇게 한 올 한 올 숨죽여 꿈의 실을 자으면서 수줍게, 수줍게 빛을 내는 신비한 발광체라고.

초승달은 또 말한다.
− 그리하여 별은 저기 저 아래 지상에서 종종 눈을 들어 하나하나 손을 꼽아 별의 수효를 헤아리던 인간들의 손끝이 줄어들면서 저도 따라 차츰 빛을 잃고 나날이 그렇게 시들어갔노라고......

초승달은 또 말한다.
− 그러므로 별은 기실 사라진 것이 아니라고. 아니, 별은 끝내 사라질 수 없는 거라고. 별은 여전히 그 자리를 지키며 밤하늘에 남아 있다고. 그리하여 별은 사라진 것이 아니라 갈수록 그대들의 가슴에서 멀어지면서 자꾸만 스스로 존재감을 잃어가다 마침내 그 빛도 의미도 정서도 따라 희미해진 거라고. 별은 다만 인간들의 시야에서 소외되고 탈락되어 어느덧 오랜 기억 너머로

밀려나다가 그예 그렇게 먼먼 과거 속으로 까맣게 잊힌 거라
고......

(그리하여 마침내 초승달은 노래한다.)

초승달은 또 반달이 되고

반달은 또 보름달이 되고

보름달은 또 반달이 되고

반달은 또 초승달이 되고

돌고 돌아 그렇게 제자리로 돌아오지만

한 번 떠난 작은 별은 끝내

돌아오지 않으리......

3. 초승달

작은 별은 이제 저만치 아래... 인간의 도시에 거의 가까워지고 있었다. 초승달은 여전히 생각에 잠긴 채로 그 작은 별빛을 내려다보았다. 그 별빛은 마치 반딧불이만큼 작고 여리게 가물거리며 그렇듯 마지막까지 자신의 존재감을 드러내려 안간힘을 쓰는 듯했다. 거기에는 어딘가 처절한 발악과 함께 애절한 절규와 한탄, 눈부신 비애와 처연함이 깃들어 있었다.

잠시 후 초승달은 작은 별에게서 시선을 거두고 이쪽저쪽 자신의 주위를 둘러싼 광막한 밤하늘의 어둠 속을 휘둘러보았다. 그러자 주위는 순식간에 분위기가 일변했다. 이상했다. 초승달은 돌연 섬뜩함을 느꼈다. 뭔가 꺼림하고 심산하고 불유쾌한 감정이 엄습하면서 초승달은 절로 이맛살을 찌푸렸다.

단지 그 작은 별 하나가 떠나갔을 뿐이었지만... 그 여린 빛 하나를 잃어버린 밤하늘은 흡사 태양빛을 상실한 대지처럼 어둡고 침울하면서 또한 더없이 무겁고도 암담한 느낌이었다.

그 순간 초승달은 문득 제 모습을 의식하면서 새삼 저 자신의 현재를 되돌아보았다. 그러면서 생각했다. '...자신의 미래 또한 뭇별들의 운명과 다르지 않노라고. 자신의 처지 또한 그 작은 별의 현재와 다르지 않노라고......'

달나라에서
방아 찧는 옥토끼가 사라지면서
달은 자연히 싱싱한 생명력을 잃었다.

인간들은 이제 달나라를 노래하지 않는다. 달은 그저 지구 주위를 맴도는 한낱 분화구로 둘러싸인 황량한 위성일 뿐 더는 꿈도 상상도 신비한 이야기도 들려주지 못한다.

언제였던가. 인간의 발바닥이 달 표면에 처음 발자국을 찍던 순간 그 소리에 놀라 절구질하던 옥토끼는 대뜸 절굿대를 내던지고 허겁지겁 어딘가로 달아나고 말았다. 그 서슬에 아름다운 선녀 상아님도 냉큼 월궁을 버리고 시녀들과 함께 먼 곳으로 달아나 꼭꼭 자취를 감췄다.

　인간의 무례한 발걸음은 그렇게 과학과 문명과 진보의 이름으로 거침없이 전설의 처녀지를 짓밟으며 그토록 화려하게 문명의 축포를 쏘아 올렸다. 그런저런 생각을 거듭하자 초승달은 더한층 가슴이 허탈해지면서 곧 급격한 우울감에 사로잡혔다.

　그렇듯 음울한 기분에 잠겨 잇달아 무심결에 짙은 신음이 흘러나왔다. 초승달은 자꾸만 더 깊숙이 침음에 빠져들었다. 이윽고 더는 잠시도 울적함을 견딜 수가 없었는지 초승달은 급히 자신의 빛을 거둬들이고는 그대로 질끈 눈을 감은 채 표연히 어둠 너머로 잠닉하고 말았다.

4. 헬리포트

저만치 아래 인간의 도시로 추락하던 작은 별은 이윽고 화려한 그 도심 속 어느 고층빌딩 옥상 헬리포트 위로 막 떨어져 내렸다. 쿵! 하고 콘크리트 바닥을 부딪는 충격으로 작은 별은 번쩍 눈이 떠졌다. 잠시 후 반쯤 정신이 든 작은 별은 이리저리 주위를 두리번대며 눈앞의 상황을 이해하려 무진 애를 썼다. 그러다 불쑥 눈을 들고 머리 위의 밤하늘을 올려다보았다.

암흑, 암흑, 암흑.
보이는 건 오직 거대한 어둠.
음산하게 드리운 칠흑의 밤.

얼른 초승달을 찾아 작은 별은 연신 어둠 속을 두리번거렸다.

그러나 초승달은 이미 그 자리를 떠났고 그리하여 빛은 어디에도 남아 있지 않았다. 작은 별은 좀 의아한 생각이 들었지만 곧 초승달 찾기를 멈추고 머리 위 밤하늘에서 눈을 돌려 잠시 자신의 몸을 살펴보았다. 그 순간 작은 별의 모습은 이랬다. 즉 전신은 대략 오백 원짜리 동전만 한 크기였고 그 형태는 얼추 오각형 별 모양이었는데, 바로 그 모습으로 콘크리트 바닥에 두 개의 각(발)이 푹 내리박힌 채로 작은 별은 문득 정신을 차린 것이다.

작은 별은 잇달아 안도의 숨을 내쉬었다.
정말이지 아찔한 순간이었다.

이는 순전히 행운이었다. 즉 만분다행히도 하늘에서 곤두박질하며 머리부터 떨어져 내리던 작은 별은 이제 막 옥상 바닥에 부닥치는 찰나 한 바퀴 번쩍 공중회전하며 문득 자세를 바로잡으면서 그 머리 쪽이 아닌 두 개의 발끝이 먼저 바닥에 푹 내리꽂힌 것이었다. 만에 하나 처음 모습 그대로 발끝이 아닌 머리 쪽부터 냅다 바닥으로 떨어져 내렸다면 어찌되었을까. 모르면 몰라도 작은 별은 결코 무사치는 못했으리라.

방금 그 생각을 하자 작은 별은 대번 몸서리가 쳐지면서 이마에 비죽 식은땀이 솟고 살갗에 아스스 소름이 돋았다. 그러니까 이런 것이었다. 즉 아까 밤하늘에서 너무 지친 나머지 작은 별은 그만 몸이 착 까라지면서 급속히 정신을 잃었고 그 바람에 그만 '제자리를 지탱하던 최후의 의지력'마저 툭 끊기면서 그대로 훅 야공에서 튕겨져 나가 저기 저 아래 인간의 도시로 맥없이 곤두박질치기 시작했던 것이다.

5. 헬리콥터

얼마쯤 지났다. 그사이 작은 별은 콘크리트 바닥에 박힌 두 발 (각)을 빼내려고 갖은 애를 써보았지만 헛일이었다. 잠시 숨을 고르고 나서 작은 별은 다시금 두 발을 빼내기 위해 끙끙 소리를 내며 바둥바둥 발버둥을 쳤다. 두 다리를 번갈아 양팔로 한쪽 발을 잡아 쥐고 있는 힘껏 위쪽으로 끌어당겼다. 한참을 그리 용쓰다가 결국 작은 별은 탈진해서 그만 퍼져버리고 말았다. 머리끝에 불쑥 솟은 두각에서 줄줄 땀방울이 흘러내렸다. 작은 별은 손등으로 연신 땀방울을 훔치면서 거친 숨을 몰아쉬었다.

그때 갑자기 요란한 굉음이 울렸다. 이어 저쪽에서 무시무시한 회리바람을 일으키면서 거대한 잠자리를 닮은 헬리콥터 한 대가 나타나 곧장 헬리포트 쪽으로 날아들었다. 작은 별은 겁에

질린 나머지 어쩔 줄을 모른 채 미친 듯이 허둥거리면서 다급히 발을 빼서 달아나려 했지만 야속하게도 바닥에 굳게 박힌 두 발은 꿈쩍도 하지 않았다. 그러는 사이 헬리콥터가 벌써 작은 별의 머리 위로 다가와 그대로 천천히 그 자리에 내려앉았다.

작은 별의 모습은 곧 헬리콥터의 동체 밑으로 깜뭇 사라지고 말았다. 작은 별은 그 순간 비명 비슷한 외마디를 질렀지만 그 소리는 동시에 프로펠러의 소음 속으로 냉큼 빨려들고 말았다.

조금 있자 헬리콥터의 프로펠러가 회전을 멈췄다. 곧 헬리콥터 객실문이 열리고 그 안에서 탑승객 둘(젊은 연인 한 쌍)이 잇달아 나와 바닥으로 내려섰다. 도회적인 용모와 세련된 옷차림을 한 둘은 가볍게 서로 키스한 뒤 나란히 손을 잡고 곧장 저쪽 끝 어딘가로 걸어갔다.

잠시 후 그쪽 어둠 너머로 두 연인의 윤곽이 사라지자 곧 다시 날개바람을 일으키면서 프로펠러가 회전하기 시작했다. 이윽고 헬리콥터가 훌쩍 바닥을 박차고 공중으로 슝 날아올랐다. 이어 헬리콥터는 그대로 방향을 틀어 저만치 어둠의 저편으로 빠르게 멀어져 갔다.

6. 조종사

그리 한바탕 돌풍이 불어닥친 뒤 헬리포트에는 다시금 휑하니 정적이 내려앉았다. 헬리콥터는 그렇게 거센 먼지바람을 몰고 와 이곳 콘크리트 바닥 위로 한 쌍의 젊은 연인을 토해내고는 지체 없이 훌쩍 날아올라 어둠 저편으로 냉큼 떠나가 버렸다.

그런데 헬리포트 바닥에 발이 박힌 작은 별은 그새 어디로 간 걸까. 그 작은 별은 이제 보이지 않는다. 혹 프로펠러가 일으킨 돌개바람에 떠밀려 절로 발이 뽑힌 채로 정처 없이 훌훌 날아가 버린 건 아닐까.

허나 모르는 말씀. 이 순간 작은 별은 헬리콥터와 함께 도시의 밤하늘을 날아 유유히 마천루 위를 건너가고 있었다. 요는 이렇다. 아까 헬리콥터가 이륙하는 찰나 작은 별은 극적으로 발이 뽑혔고 순간적으로 몸을 솟구면서 잽싸게 한쪽 손을 뻗어 헬기의 한쪽 발을 꽉 붙들었던 것이다.

마치 철봉을 하듯 한손으로 매달린 채
헬기에서 되돌아보니
아까 그 고층빌딩은 바로 일곱 개의 별이
나란히 함께 빛나는 '세븐스타'라는 이름의
최고급 카지노 호텔이었다.

작은 별은 그렇게 한쪽 랜딩 스키드에 매달린 채 무작정 헬기
가 이끄는 대로 어딘지도 모르는 목적지를 향해 자유롭게 밤의
바다를 항해하고 있었다. 이상하게도 작은 별은 그 순간 손을 놓
칠지도 모른다는 두려움도 추락할지 모른다는 공포심도 일지 않
았다.

그러기는커녕 작은 별은 숫제 기분 좋은 상쾌함과 함께 외려
신선한 해방감에 사로잡힌 채였다. 그렇게 얼마를 더 갔을까. 헬
기는 그사이 어느 작은 항구 도시의 상공을 가로지르고 있었다.
바로 그때! 조종석에서 갑자기 이런 외침이 울려나왔다.

"제길, 끔찍하게 아름답군!"

"황홀한 야경이야!"

"봐, 저길 보라구!"

"이야, 끝내주는군!"

7. 낙하산

(조종사는 계속 감탄하며 외쳤다.)

"이야, 죽여주는군!"

"봐, 저길 보라구!"

"이 얼마나 기막힌 순간이냔 말야!"

"이 얼마나 죽기 좋은 광경이냔 말야!"

(조종사는 또 이렇게 외쳤다.)

"자, 그럼!"

"이쯤에서 또 한번!"

"멋지게 죽어볼까나!"

그 소리에 놀라 작은 별은 문득 잠이 깨었다. 언제인지 모르게 작은 별은 깜박 선잠이 들었던 것이다. 작은 별은 곧 저 아래로 눈을 돌려 거기 그 자리 그 순간의 밤풍경을 내려다보았다. 아닌 게 아니라 저 아래 보이는 항구 도시의 야경은 그야말로 번뜩 잠이 달아날 만큼 그윽하면서도 적이 매혹적인 풍경이 아닐 수 없었다. 그러면서도 그 풍경은 또한 찬연한 화려함을 드러내기보다는 실로 아련한 그리움과 애잔한 서정성을 간직하고 있었다.

"얏호!"
"잘 있거라!"
"나는 간다!"

바로 그 짤막한 연발 탄성을 신호로 조종사는 급격히 헬기의 고도를 끌어올렸다. "어어! 어어! 어어어!" 그처럼 기습적인 고도 상승으로 인해 더럭 공포감에 사로잡힌 나머지 작은 별은 잇달아 불안 속에서 그런 외침이 터져 나왔다. 그렇게 한껏 고도를 끌어올린 조종사는 이윽고 순식간에 조종석 문을 열치고 전격 비상탈출을 시도했다.

이것은 자칫 자그만 실수 하나에도 당장 생과 사가 엇갈리는 위험천만한 극한의 모험이었다. 그렇듯 삽시에 헬기는 버려지고 고글을 쓴 조종사는 곧 펄럭펄럭 소리를 내며 저만치 아래로 추락하다가 이윽고 능숙하게 낙하산을 펴고 다시금 저만큼 위쪽으로 솟아올랐다. 그리하여 마침내 자유롭게 대기 속을 활공하며 조종사는 멀리 밤바다를 가로지르기 시작했다.

오호! 사실이었다!

그의 말마따나 방금 그 모습은 정말이지 멋지도록 황홀한 '또 하나의 죽음'이 아닐 수 없었다. 그랬다. 그 모습은 진실로 '죽음다운 죽음, 가장 생동감 있는 죽음, 그리하여 스스로 그 무엇보다 생명력이 충일한, 그야말로 강렬하면서도 뜨거운, 죽음 그 너머의 죽음'이었다.

아니, 그 모습은 차라리 죽음보다 치열한, 죽음마저 되살리는, 그리하여 그 순간 가장 절실한 생의 의지이자 가장 열렬한 심장의 도약이며 나아가 가장 탄력 있게 펄떡이는 영혼의 맥박이 아닐 수 없었다.

이를테면 그는 한순간 천공으로 (그 짙은 죽음의 대기로) 한

껏 비상했다가 마침내 지상으로 (다시금 삶의 대지로) 재차 낙하
하는 것이다. 그래, 그런 것이다. 그렇듯 단 한 번의 일생을 통해
끊임없이 반복되는 죽음과 부활. 그때 어딘가 허공의 저편에서
아스라한 메아리처럼 그의 목소리가 되울려왔다.

"얏호! 잘 있거라! 나는 간다!"

8. 고깃배

조종사가 이탈한 헬리콥터는 얼마 안 가 저절로 검은 밤바다에 추락하고 말았다. 거기 가라앉는 헬기의 동체와 함께 작은 별도 아득히 정신을 잃고 속수무책으로 바다 밑으로 빠져들었다. 두께를 알 수 없는 흑암의 공간에서 작은 별은 그렇게 하염없이 무의식의 세계로 빨려들었다. 그러다 어느 순간 작은 별은 무언가에 이끌려 조금씩 조금씩 수면을 향해 거슬러 오르기 시작했다.

그러면서 작은 별은 흐릿하게 의식을 되찾았지만 주위는 온통 한 점의 빛도 없는 극한의 암흑인지라 거기가 어디쯤인지, 무엇이 자기를 잡아끌고 있는지, 그리고 얼마나 더 거슬러 올라야 수면에 다다를 수 있을지 조금도 예측할 수 없었다. 작은 별은 다만 그 깊은 해저를 벗어나 차츰차츰 수면을 향해 떠오르고 있다는 사실만을 인식하며 가만히 숨을 죽여 안도할 뿐이었다.

'자라일까?'

'거북일까?'

'해마일까?'

'아니면, 홀로 심해저에 사는 이름 모를 물고기일까?' 작은 별은 내심 자기를 이끌면서 힘겹게 물의 저항력을 거슬러 오르는 그 물체가 무엇일지 곰곰 헤아려보았다. 그 순간 작은 별은 그 물체에 대한 고마움과 동시에 미안함을 느끼면서 어서 빨리 해저를 벗어나 수면 위에 다다랐으면 하고 간절히 바랐다.

얼마 후 저만치 위쪽에서 마침내 희미하게 물속을 비추는 미지의 불빛이 어른거렸다. 얼마 안 가 작은 별은 수면 위로 풀쑥 솟아올라 어느 늙은 어부의 낡은 고깃배 위로 곧장 끌어올려졌다.

그것은 군데군데 집어등을 켠 오징어잡이 통통배였다. 이제 막 뱃전으로 끌어올려진 오징어는 낚싯바늘에서 벗어나려 안간힘을 쓰면서 잇달아 울컥 먹물을 내뿜었다. 작은 별은 순간 물컥 비린내가 끼쳐와 질끈 눈이 감기면서 잔뜩 이맛살을 찌푸렸다.

그러니까 작은 별은 그 순간 자라도 거북도 해마도 아닌 바로 낚싯바늘에 걸린 큼지막한 오징어의 몸통에 머리 뿔(두각)이 꽂힌 채로 덩달아 수면 위로 불쑥 딸려 올라온 것이었다.

9. 어부

"이건 뭐지?"

"불가사리도 아니고......"

"요상한 게 박혀 있네."

늙은 어부는 주낙으로 잡은 오징어 몸통에 박힌 작은 별을...
아니, 오각형 모양의 그 은빛 물체를 뽑아 들고는 집어등 불빛에
가까이 비춰보며 잠시 생각에 잠겼다. 살살 손끝으로 만져보니
촉감이 서늘한 게 왠지 그 느낌이 좋지 않았다. 어찌 보면 값나
가는 물건 같기도 하고, 달리 보면 누가 갖고 놀다 버린 애들 장
난감 같기도 했다.

작은 별은 물속을 벗어나자 갑자기 한기를 느끼고는 한차례
바르르 몸을 떨었다. 노인은 이윽고 가볍게 한번 고개를 털고는

손에 든 그 금속성의 물건을 냉큼 수면으로 휙 던져버렸다. 그렇지만 그 물건은 순간 검은 해면으로 떨어져 나가지 않고 노인의 손끝에 그대로 꽉 붙들려 있었다. 방금 노인은 휙 하고 그 물건을 내던지려다 돌연 무슨 생각이 떠올랐는지 황급히 다시 자기 손을 거둬들였던 것이다.

'그래, 그러면 되겠어.'

노인은 이따 집에 돌아가서 자신의 외출용 모자에 그것을 달면 그런대로 제법 어울릴지도 모른다는 생각이 떠올랐던 것이다. 비록 흔하디흔한 값없는 물건일지라도 어쨌거나 그것은 이렇듯 자기 손으로 건져 올린 자기만의 수확물이자 하나뿐인 전리품이 아닌가. 즉 그 물건은 이제 노인에게 있어 일종의 훈장이나 마스코트 같은 것으로 남이 뭐라든 적어도 자신에게만큼은 다른 무엇보다 값진 의미를 지닌 소중한 물건이었던 것이다.

바로 그런 내밀한 심리변화와 함께 그것은 돌연 더없이 각별한 물건으로 변했고 동시에 노인의 마음속에 깊숙이 그것만의 존재감을 심어놓았다. 잠시 더 그 물건을 만작거린 뒤 노인은 작업복 잠바 안주머니에 그것을 집어넣었다. 그러고는 지퍼를 도로 올리고 흡사 잠든 아이를 토닥이듯 그것이 든 심장께를 두어 번 톡톡 손바닥으로 두드렸다. 이상했다. 무슨 일일까. 그 순간 노인은 왠지 마음이 따스해지면서 이내 혈관이 달달해지고 더불어 온 바다를 한껏 가슴에 안은 듯이 포근하면서도 풍요로운 기분에 잠겼다.

10. 귀로

　노인은 지금 너덧 마리의 오징어를 잡아(그러니까 거의 빈 배로) 일찌감치 어로를 접고 마을로 되돌아오는 중이었다. 여느 때 같으면 아직 한창 바다와 씨름하며 기세를 올릴 시간이었다. 더구나 이번 밤배질은 출어가 늦어 평소의 어획량을 맞추려면 외려 더 부지런히 주낙질을 했어야만 했다.

　보통 노인이 밤배질을 마치고 귀로에 오르는 시간은 밤과 아침이 조우하고 어둠과 미명이 서로 눈맞춤을 하는 어슴새벽이었다. 바로 그 희푸른 하늘과 짙푸른 바다가 입 맞추는 첫새벽에 노인은 멀리 신비로운 수평선을 응시하며 한순간 언뜻 신의 눈빛과 맞닥뜨렸다.

　바로 그곳에 향기롭게 번져오는 신의 숨결이, 바로 그곳에 그윽하게 미소 짓는 신의 눈망울이 드러나 보였다. 그러다 이윽고 먼동이 트고 뒤미처 맹렬하게 솟구치는 태양빛 너머로 신의 윤곽이 점점이 스러져갈 때까지 노인은 하염없는 감회와 겸허와 경외심을 안고 그곳 수평선을 바라다보았다.

다른 밤과 달리 그렇게 몇 시간을 앞당겨 텅텅 빈 배로 새카만 한밤중에 귀선하는 중이었지만 노인은 되레 만선이라도 한 듯 무척 기분이 좋았다. 혹, 그 물건 때문이었을까.

그 작은 별 모양의 노획물 하나가 그처럼 경쾌하게 노인의 감정을 변화시킨 것일까. 어쩐 일인지 이날은 신과 마주치는 그 새벽의 경이로움마저도, 아무도 모르는 자신만의 그 가슴 시린 감동마저도 깜뭇 잊고 말았다.

통통거리는 발동기 소리만이 검푸른 어둠을 부딪고 억겁의 고요 속을 울리며 아득한 영원의 바다 속으로 녹아들었다. 그 순간 바다는 인간의 탐욕이 닿지 못할 저 깊디깊은 심해성층의 성스러운 공간과 다르지 않았고 노인의 고깃배는 바로 그 오랜 신비의 영역을 유영하는 한 마리 태고의 물고기였다.

노인은 조타실에 서서
알 수 없는 미소를 머금은 채
혼자 물끄러미 생각에 잠겼다.

11. 밤의 포구

마침내 마을 앞 포구가 가까워지자 멀리 어둠 속에서 변함없이 무인등대 불빛이 바라보였다. 늘 그렇듯 제일 먼저 노인을 맞이하는 것은 마을 한옆 언덕 끝에 서 있는 오래된 무인등대였다.

비록 낡고 볼품없는 구형 무인등대였지만 예나 지금이나 그 눈빛만은 여전히 온 바다를 삼킬 듯이 치열한 열기를 내쏘고 있었다. 노인은 잠시 배의 속도를 올리는가 싶더니 이어 서서히 속도를 늦추면서 이윽고 마을 포구 선착장으로 들어섰다.

노인은 불현듯 할멈 생각이 났다.

이른 아침녘 할멈은 일찌감치 포구에 나와 서서 간밤의 어로를 마치고 귀항하는 영감과 고깃배를 기다리곤 했다. 그럴 때면 만선의 기쁨은 곧 몇 곱으로 불어났고 설사 전에 없는 흉어로 텅 빈 수조를 안고 돌아오는 길일망정 마음만은 도리어 고된 조업의 피로도 잊고 푸근푸근 충만하게 차오르곤 했다. 하지만 할멈이 떠난 뒤로 제아무리 수조가 넘치도록 풍어여도, 제아무리 갑판이 들끓도록 만선이어도 노인은 도무지 기쁨의 미동조차 일지 않았다.

선착장에는 출어를 쉬는 낡은 어선 대여섯 척이 곤히 잠들어 있었다. 밤배질을 나간 너덧 척은 아직 돌아오지 않았다. 얼마 후 노인은 선착장에 배를 대고 발동기를 끈 뒤 조타실을 나와 배에서 내려 배말뚝에 뱃줄을 매었다. 왜 그랬는지 오늘 잡아온 오징어는 어선 수조에 그대로 둔 채였다.

보통은 다른 배들이 귀항하는 시간에 맞춰 들어와 그날 잡은 수산물을 전부 어항 인근 어판장에서 곧장 경매에 부치는데, 이번엔 잡은 것도 시원찮은 데다 아직 시간도 어중간해서 나중에 가져다가 자기 먹거리로 쓰거나 아니면 담뱃값이나 받고 마을 횟집에 술안주용 횟감으로 넘길 요량이었다(갓 잡아온 싱싱한 새물 오징어는 노상 인기가 좋았다).

12. 어촌

마을에는 포구 주변으로 여남은 개의 횟집이 자리하고 있었는데 주로 여행객이나 관광객들을 상대하는 식당이었다. 포구 한쪽에는 따로 테트라포드 방파제와 함께 이곳을 오가는 여객선을 위한 접안 시설이 마련되어 있었다. 작고 외딴 어촌이었지만 그렇다고 바다 한가운데 솟은 섬마을은 아니어서 육로와 해로 어느 쪽으로든 이곳 마을에 닿을 수가 있었다.

마을의 호수는 현재 오십 호 남짓했는데 그중 원주민은 삼십여 호 정도였고 나머지는 귀어하거나 펜션 따위를 운영하려고 새로 들어온 이들이었다. 원주민의 대부분은 어로 활동으로 살아가는데 더러는 놀리는 방을 개조해 민박을 치고 더러는 식당을 차려 외지인을 상대로 직접 따거나 잡아 올린 싱싱한 해물 요리를 팔았다.

드문드문 가로등이 켜진 호젓한 마을길을 걸어 노인은 터벅터벅 자신의 오두막집 쪽으로 걸음을 옮겼다. 노인의 오두막집은 저만치 마을 뒷산 중턱에 외따로 떨어져 있었다. 바로 그 오두막집 왼편으로 멀리 언덕 끝자락에 낡은 무인등대가 서 있었다.

　　마을에 무인등대가 생긴 것은 노인이 아직 첫돌도 되지 않은 오래전 일이었다. 그러니까 그 등대와 노인은 서로 비슷한 시기에 한마을에 태어나 이날 이때껏 같이 놀고 같이 웃고 같이 울고 같이 기뻐하고 같이 슬퍼하면서 이렇듯 같이 늙고 같이 또 나란히 나이를 먹었다.

　　골목골목 마을길을 걸어 노인은 이제 막 뒷산 언덕길로 접어들었다. 가풀막진 오르막을 허덕허덕 오르면서 노인은 혼자 생각에 잠겼다. 이내 또 할멈 생각이 났다. 이태 전 어느 날. 할멈은 혼자 물질을 나갔다가 그날로 용왕님의 부름을 받아 영영 불귀의 객이 되고 말았다.

　　그것이 곧 잠녀로서의 생애 마지막 잠수질이 되고 말았다. 며칠째 된통 고뿔을 앓다가 몸이 좀 우선해지자 그간 물질을 못해 좀이 쑤시고 삭신이 근질근질하다며 영감이 그리 말리는 것도 뿌리치고 굳이 꾸역꾸역 고집을 부려 낡은 망사리와 테왁을 메고 집을 나선 게 화근이었다.

13. 해녀

왜 더 붙들지 않았을까.

왜 더 말리지 못했을까.

　　노인은 또 몹시 후회 어린 미련과 자책감이 밀려왔다. 이내 또 가슴속으로 연연한 그리움과 허허한 황량감이 휘몰아쳤다. 열 살이 채 되기도 전에 물질을 배워 그 뒤로 팔십 평생을 억척스레 해오던 일인지라 '뭐, 별일 있으랴' 하는 안이한 생각으로 몸도 성치 않은 할멈을 끝내 물가로 내보내고 말았던 것이다. 그때는 예사롭게 넘겼지만 이제와 돌이켜보니 그날따라 할멈의 태도 또한 여간 이상스럽지 않았다. 그때껏 단 한 번도 그런 일이 없었는데 왜 그랬는지 집을 나서기 전 할멈은 문득 영감을 돌아보며 이렇게 말하는 것이었다.

"영감, 이제 뱃일은 쉬엄쉬엄하구려."

그것이 곧 할멈의 유언이 되고 말았다. 그날 할멈은 물속에서 별안간 한쪽 다리에 쥐가 나는가 싶더니 그대로 곧 사지가 뒤틀리면서 와락 마비증세가 닥쳐왔던 것이다. '...따라갔더라면 혹 살릴 수 있었을지 모른다.' 날이면 날마다 노인은 수도 없이 그 생각을 반복했지만 그럴수록 죽은 할멈은 결코 되살릴 수 없다는 사실만 더 또렷해질 뿐이었다.

그 뒤로 노인은 모든 의욕을 잃고 아예 폐칩하다시피 하며 뱃일도 어구 손질도 죄 팽개친 채 마냥 배를 놀렸다. 그러다 겨우 마음을 추스르고 다시 뱃일을 손에 잡았지만 그마저도 거의 열의를 상실한 채 열흘이고 스무 날이고 마음 내키는 대로 미루고 미루다가 마지못해 한 번씩 출어를 하는 둥 마는 둥 하면서 건성 건성 시늉만 하는 식이었다. 그런 노인의 모습에서 지난날 만선의 부푼 꿈과 기대감의 기억은 일말의 흔적조차 찾아볼 수 없었다. 이번 출어도 거의 달포 만에 나선 주낙질이었다.

이미 팔순을 앞둔 나이에도 한창때의 젊은이 못잖게 활력적이던 노인은 그날 할멈의 죽음과 더불어 자신의 모든 의지와 감

각, 생의 의미와 가치, 강인한 그 활기와 맥박, 검질긴 근성, 억
센 그 인내와 불굴의 영혼마저도 남김없이 모조리 고갈돼 버린
느낌이었다. 정말이지 불식간에 닥쳐온 돌변적 쇠퇴였다.

　노인의 형색은 며칠 새 초췌해질 대로 초췌해져 별안간 전혀
딴판으로 형편없이 망가지고 말았다. 흡사 생명이 없는 유형체
인 듯 노인의 움직임은 절로 말이 못 되게 맥이 빠지고 무미건조
해졌다.

　평생의 연인이자 반려였던 할멈의 부재는 그렇게 노인에게서
돌연 생기를 앗아가면서 대번 뜨겁던 심장을 냉각시켜 싸늘한
고형체로 치환하고 말았다. 그런 상태로 그럭저럭하면서 또 하
루가 저물고 그렇게 자꾸만 달과 달이 갈마들면서 어느덧 두 해
가 훌쩍 지나갔다.

14. 용궁

전날 밤에 노인은 할멈 꿈을 꾸었다.

　꿈속에서 할멈은 영감의 고깃배에 함께 타고 있었다. 할멈은
잠수복에 물안경을 쓰고 망사리와 테왁을 등에 멘 채 금방이라
도 첨벙 바닷물로 뛰어들 기색이었다. 한밤중이었고 영감은 부
지런히 주낙줄을 잡아당기면서 연신 낚싯바늘에 걸린 오징어를
끌어올렸다. 배의 갑판은 이내 사방에서 꿈틀대며 먹물을 토해
내는 오징어들로 그득했다.

　하늘에는 흐릿한 초승달이 떠 있었고 멀리 하늘가에서 작은
별 하나가 지상을 내려다보며 애처로운 빛으로 몸을 떨었다. 그
때 첨벙! 물소리가 울렸다. 그 소리에 번득 돌아보니 할멈은 그
새 온데간데없고 그 순간 하늘가에서 그 작은 별 하나가 빠르게

지상을 향해 낙하하고 있었다. 조금 지나자 홀연 달빛이 스러지면서 밤하늘은 곧 극렬한 어둠에 잠겼다. 다음 순간 어둠의 저편에서 죽은 할멈의 목소리가 귀를 울렸다.

"행여... 내 걱정은 마시구려, 영감! 전 용궁에서 잘 지내고 있으니까요. 제 죽을 자리는 제가 안다고. 뭍에서 죽을 사람은 뭍에서 죽고 물에서 죽을 사람은 물에서 죽는 게지요. 게다가 물속에는 또 하나의 하늘이 담겨 있으니... 전 물속에 담긴 그 하늘로 떠난 게지요. 허니 마음 놓으시구려. 복된 죽음이 별것인가요. 잠녀가 잠녀질을 하다 죽는 것이 곧 복된 죽음이지요......"

15. 모자

며칠이 지났다. 그사이 노인은 잡은 오징어를 마을 횟집에 넘겼고 앞마당에 떡하니 자리 잡고 앉아 해거름이 되도록 낡은 어구를 손질했고 계속 출어를 미루면서 여러 번 선착장에 나가 헐거워진 나사를 조이고 뻑뻑한 기계에 기름칠을 하고 칠이 벗겨진 곳을 새로 페인트칠하고 갑판과 어창을 말끔히 청소하는 등이모저모 꼼꼼히 고깃배를 손보았다. 고깃배를 칠하고 남은 페인트로는 낡고 색이 바랜 슬레이트 지붕 곳곳을 새로 덧칠했다.

바람결이 선선한 시월 중순의 어느 날이었다.

노인은 아침 일찍 집을 나서 비탈진 언덕길을 내려가 포구 한옆의 수산물 위판장으로 갔다. 거기서 노인은 마을 어선들이 밤새 근해에서 잡아 올린 신선한 해산물을 경매하는 광경을 구경하다가 천천히 선착장 쪽으로 걸음을 옮겨 한동안 생각에 잠긴 채로 선창가 주변을 오락가락했다.

아침마다 마을은 이곳 산지에서 수매한 각종 수산물을 싣고 전국 각처로 직송하는 활어차들로 부쩍 활력을 띠었다. 노인은 그사이 방파제 쪽으로 걸어가 저만치 바다 쪽에 시선을 두고 다시금 골똘히 상념에 잠겼다. 간편한 잠바 차림에 낡은 청바지를 꿰고 굽 낮은 운동화를 신었으며 머리에는 외출용 야구 모자를 쓴 채였다. 바로 뱃일을 나갈 때를 빼고는 무시로 늘 착용하는 빛바랜 연청색 모자였다.

16. 변화

한데 며칠 새 그 모자에 작은 변화가 생겼다. 그 모자는 본래
마크도 배지도 로고도 없는 밋밋한 단색의 그저 그런 모양새였
다. 그렇지만 이제는 아니었다. 바로 그 모자 정면에 오각형 별
모양의 은빛 마크가 새로 척 박힌 것이다.

며칠 전 그날 밤, 집에 돌아온 노인은 노곤함에 못 이겨 말코
지에 잠바를 벗어 걸기 무섭게 쓰러지듯 방바닥에 몸을 부리고
그대로 잠에 곯아떨어졌다. 노인이 다시 눈을 뜬 것은 무르익은
햇발이 오두막을 적시는 오후나절이었다.

잠을 깨고 자리에서 일어나자마자 노인은 절로 잠바 안주머
니에 넣어둔 그 물건이 떠올랐다. 곧 잠바로 다가가서 노인은 그
물건을 꺼내려고 안쪽 주머니에 손을 넣었다. 한데 주머니 속에
서는 아무것도 손에 잡히지 않았다.

잠바 안주머니는 텅 비어 있었다.

밤새 무슨 일이 벌어진 것일까. 혹시 몰라 노인은 잠바의 다른 주머니는 물론 입고 있던 작업 바지 주머니까지 죄 뒤졌지만 그 물건은 어디서도 눈에 띄지 않았다. 노인은 뭐가 뭔지 몰라 어리둥절한 표정으로 이리저리 방 안을 훑어보았다. 바로 그때 한쪽 말코지에 걸어둔 야구 모자가 눈에 들어왔다.

그런데 어찌된 영문인가. 그 모자 정면 한가운데 바로 그 별 모양의 물건이 척 달라붙어 있는 게 아닌가. 냉큼 다가가서 모자를 손에 들고 그 별 모양의 물건을 요리조리 살펴보았다. 그러자 신기하게도 어디 하나 박음질한 자국도 없이 그 물건은 감쪽같이 그 자리에 딱 달라붙어 있었다. 노인이 손끝으로 살짝 떼어보려 했지만 그 물건은 숫제 이 모자와 한몸이라도 된 듯 강력히 들러붙어 아예 움쩍도 하지 않았다.

그때 풀쑥 그런 생각이 떠올랐다.

(...지지난밤 꿈속에서 지상을 향해 떨어져 내리던 그 작은 별 하나와 지금 자신의 모자에 들러붙은 이 작은 별 모양의 물체가

실은 별개의 개체가 아닌 동일한 존재가 아닐까 하는......) 그러
자 노인은 방금 그 추론의 옳고 그름을 떠나 단지 얼핏 그런 생
각을 떠올리는 것 자체만으로 왠지 신기롭고 야릇한 유희적 기
분에 젖었다.

　　잠시 후 노인은 거울 앞으로 다가가서
　　그 모자를 반듯하게 머리에 눌러쓰고
　　한동안 이모저모 제 모습을 비춰보면서
　　'자못 만족스레' 거울 속을 들여다보았다.

17. 여객선

난데없이 울리는 뱃고동 소리에 노인은 번득 생각을 멈췄다. 멀리 수평선 너머에서 이곳 부두로 향해오는 오전 여객선이 모습을 드러냈다. 마을에 드나드는 정기선은 선객과 물화를 싣고 오전과 오후에 각각 한 번씩, 하루에 두 차례만 운항했다.

지난날 육로가 뚫린 뒤로 한때 정기선이 곧 사라질 거란 소문이 돌았지만 그 뒤로도 정기선은 꼬박꼬박 제 시간에 맞춰 마을을 오갔고 그렇게 언제인지 모르게 그 소문은 절로 잦아들었다.

게다가 요즈막엔 삼삼오오 마을을 찾는 여행객이 늘어 정기선은 노상 사람과 뱃짐으로 만원이었다. 그래선지 차후 여객들이 더 늘어나면 머잖아 일반 여객선보다 훨씬 빠른 부정기 쾌속선이 신규 취항할 거란 얘기도 돌고 있었다.

그나저나 갈수록 외지인의 발길이 잦아지면서 마을에 팔팔한

활력이 도는 것은 바람직한 현상인 반면, 자꾸만 옛 모습이 지워지고 생활이 번다해지면서 전날 소욕지족하던 질박한 심성은 사라지고 날로달로 물질화돼가는 씁쓸한 풍경 또한 부정할 수 없는 엄연한 현실이었다.

어느덧 여객선이 다가와 콘크리트 접안 시설에 나란히 배를 대고 멎어서자 곧이어 선객들의 하선과 화물의 하역이 시작됐다. 선창은 또 한 번 왁작박작 선객들의 소란과 훈김으로 들썩거렸다. 노인은 잠시 그 광경을 지켜보다가 무심코 눈을 돌려 멀리 언덕 끝에 우뚝 선 무인등대를 바라다보았다.

18. 등대

번쩍 등댓불이 켜진 것은 바로 그때였다. 노인이 무인등대 쪽으로 눈을 돌리는 찰나 느닷없이 등댓불이 켜졌고 그 빛은 동시에 강렬하고 날카롭게 노인의 눈동자를 쿡 찔렀다. 눈 깜짝할 새 살촉처럼 날아와 꽂힌 그 빛살에 순간적으로 질끈 눈이 감기면서 노인은 그 자리에 퍽석 주저앉고 말았다. 곧바로 사람들이 달려들어 노인을 에워쌌고 이어 맹렬한 호기심과 함께 웅성웅성하는 소음이 그의 귀를 울렸다.

"어르신, 괜찮으세요?"

한 사내가 얼른 노인의 몸을 부축하고 그를 일으키려 애쓰면서 말했다. 한데 어찌된 영문인지 노인의 몸은 바닥에 떡 들러붙어 전혀 꿈쩍도 하지 않았다. 그러자 주위는 더 흥분으로 달아오르고 사람들의 웅성거림은 더 소란스러워졌다. 노인은 도로 눈을 뜨고 어떻게든 자신의 몸을 움직거리려 있는 대로 모질음을 썼지만 아무리해도 손끝 하나 까딱할 수 없었다.

도무지 속수무책이었다. 마치 눈을 뜬 채 그대로 가위에 눌린 듯한, 살아 있는 그대로 조각물이 되어버린 듯한, 실로 어처구니 없는 괴이한 형국이었다. 하는 수 없어 이번에는 뭔가 말을 하려고 죽을힘을 써서 바동거렸지만 끝내 입을 달싹이기는커녕 아예 입술의 근육조차 전혀 실룩일 수 없었다. 그제야 왈칵 공포감이 몰아치면서 이내 미친 듯이 심장이 두방망이질하기 시작했다.

설상가상 방금 전 그 충격으로 시력마저 손상됐는지 눈을 떴으나마나 시야가 온통 빛을 잃고 동공은 먹물을 뒤집어쓴 듯 검고 어두컴컴할 뿐이었다. 그렇게 꼼짝없이 칠흑에 갇힌 채로 몇 분 혹은 몇십 분인가가 지났다. 그리고 서서히 웅성거림이 잦아들면서 우꾼우꾼하던 사람들의 운김도 따라 가라앉았다.

그처럼 느닷없이 직면한 암전의 공간 속에서 시간은 또 속절없이 흐른다. 흐르고 또 흐른다. 미래로 혹은 과거로 혹은 알 수 없는 그 영원의 시공 속으로. 그렇게 또 몇 시간인가가 혹은 며칠인가가 혹은 몇 달인가가 지나갔다. 흐르고 또 흐른다. 그렇게 또 쉬지 않고 몇 년인가가 혹은 몇십 년인가가 지나갔다. 흐르고 또 흐른다. 그리하여 마침내 주위는 홀연 숨소리 하나 들리지 않는 완전한 정적에 잠겼다.

2부

바다는 시련을 주고
남겨진 소년은 어부가 된다.

19. 바닷새

끼룩끼룩, 끼룩끼룩, 바다 멀리서 갈매기 울음소리가 달빛 속을 떠돌았다. 이따금씩 등댓불이 깜박거리며 달빛 어린 바다 위를 비추고 있었다. 소년은 오늘도 언덕 끝 무인등대 곁에 앉아 저만치 어둠 너머 밤바다를 바라다보았다. 하늘에는 덩두렷이 보름달이 걸렸고 머나먼 은하에서 금방이라도 우수수 머리 위로 쏟아져 내릴 듯 무수한 별들이 총총히 반짝거렸다. 그것은 어쩜 검푸른 밤의 캔버스에 흩뿌려진 수많은 꿈들의 빛나는 움싹들처럼 보였다. 엄마 아빠는 오늘도 낡은 목선을 타고 바다 저 멀리 밤샘 조업을 나갔다.

"넌 꿈이 뭐야?"
등대가 소년에게 물었다.

대답이 없자 등대가 다시 물었다.

"응? 무성아, 넌 꿈이 뭐야?"

"없어."

그제야 소년은 별 관심 없다는 듯 심드렁한 기색으로 대답했다. 그러고는 또 침묵이었다. 곧 밤바다에서 침묵을 깨우는 바닷새 울음소리가 들려왔다. "그러지 말고 말해봐?" 등대가 이윽고 침묵을 깨고 말했다. "응? 말해봐? 무성아, 넌 꿈이 뭐니?" 등대가 그렇게 재차 묻자 소년은 귀찮다는 듯이 짧게 탄식을 내뱉고는 이렇게 대답했다. "난 너랑 같이 이 언덕에 앉아서 밤하늘의 별들을 바라보며 이렇게 오래오래 바닷새 울음소리를 들으면서 살아갈 거야." 곧 싱겁다는 듯이 등대가 절로 픽 웃었다. 소년은 흘끔 등대를 올려보고는 도로 눈을 돌려 밤바다를 바라보았다.

조금 있자 등대가 다시 입을 열었다.

"그니까 사람들이 널 보고 바보라고 놀리는 거야." 등대가 말을 이었다. "이 맹추야, 누가 꿈이 뭐냐고 물으면 이렇게 대답해

야지. 대통령요! 판검사요! 과학자요! 의사요! 기업가요! 외교관
요! 대학교수요! 국회의원요!" 등대가 계속 말을 이었다. "그래
야 사람들이 널 깔보지 않지. 아따, 그놈! 꿈 한번 야무지네그려!
그럼, 그럼! 그래야지! 그렇고말고! 그래야고말고! 꿈이라면 마
땅히 크고 높게 가져야고말고! 하면서 말이야......"

듣는지 어쩐지, 등대가 그러거나 말거나
소년은 숫제 대꾸하지 않고 고개를 수굿한 채
혼자 골똘히 생각에 잠겼다.

20. 조난

이튿날 아침. 이제 막 동이 트는 시각. 문밖에서 누군가가 부르는 소리에 소년은 문득 잠을 깼다. 곧 부스스 자리에서 일어나 게슴츠레하게 실눈을 뜨고 졸린 눈을 비비면서 외짝문을 열고 나가보니 앞마당에 촌장 할아버지와 낯선 두 남자가 함께 서 있었다.

촌장 할아버지는 비쩍 마른 몸에 짙고 푸르스름한 빛깔의 남루한 작업복을 걸치고 평소처럼 맨발에 해진 신발을 꿰고 있었다. 다른 두 남자는 훌쩍 키가 크고 위압적일만큼 건장한 체구에 둘 다 정모와 함께 진청색 해양경찰복을 착용하고 있었다.

둘은 허리께에 각각 뭉툭한 권총집을 두르고 있었다. 그 바람에 소년은 가슴이 덜컥하며 잠이 확 달아나면서 무슨 죄라도 지은 듯이 괜히 오금이 저리고 잔뜩 주눅이 들면서 저도 몰래 꿀떡

침을 삼켰다. 곧이어 마을 어디선가 꼬끼오 연달아 길게 빼는 늦닭 울음소리가 들려왔다.

"애야! 날 좀 따라오너라!"
촌장 할아버지가 불쑥 입을 열었다.

왠지 모르게 침울한 눈빛이었다.

잠시 후 소년은 오두막집을 나와 그들 셋을 뒤따라 비탈진 언덕길을 돌아내렸다. 그들 네 사람이 이윽고 이슬 내린 비탈길을 내려가자 곧 낡은 초가집 사이로 구불구불 나 있는 마을 고샅길이 나왔다. 조금 가자 어느 집 울 너머에서 인기척을 느낀 마당 개가 잇달아 컹컹대며 짖었다. 말없이 고샅길을 돌고 돌아 얼마 뒤에 그들은 마을 앞 포구에 다다랐다. 저만치서 바다 갈매기 몇 마리가 해무 속을 날았고 싱싱하게 번지는 아침 햇살에 쓸리면서 시시각각 물안개가 걷혀가고 있었다.

마을 사람 여럿이 군데군데 모여서서
어느 한곳을 응시한 채 나직나직 수런거렸다.

촌장 일행을 보자 사람들은 돌연 혀끝을 묶고 제가끔 안면에 긴장의 빛을 드러냈다. 바다 저만치에 해양경찰선 한 척이 정박해 있었고 본선에서 내려져 이곳 물가로 두 남자를 실어나른 보조선(전마선) 한 대가 포구 한쪽에 따로 대기하고 있었다. 대형 증기선인 본선과 달리 거기 딸린 보조선은 발동기가 달린 소형 쾌속정이었다. 거기 모터보트 위에서 소총을 든 경찰대원 하나가 이쪽으로 총구를 향한 채 사뭇 긴장된 눈초리로 빈틈없는 경계를 서고 있었다.

마을에는 아직 발동선이 들어오기 전이었으므로 어쩌다 포구 쪽에서 통통거리는 소리만 들려도(그만큼 드문 일이었다) 사람들은 당장 일손을 놓고 거기 뭔 일인가 하고 달려 나오곤 했다.

바로 거기 그 경찰대원의 총구가 향하는 그 목표 지점에 조각조각 부서진 난파선의 잔해가... 성난 파고에 휩쓸려 갈기갈기 찢어져 나간 바다 잎사귀의 살점들이 널브러져 있었다.

순간 각막을 찌르는 통증과 함께 심장이 터질 듯한 압박감이 소년의 영혼을 난도질했다. 그것은 바로 간밤에 엄마 아빠가 타고 나간 낡은 목선의 파편들이었다. 엄마 아빠는 그렇게 운명의 풍랑 속으로 사라지고... 흡사 비스킷 조각처럼 바스러진 조난의 흔적들만... 서글픈 그 나뭇조각들만 무심한 파도에 떠밀려 마을 포구로 되돌아왔다.

저만치 해면 위를 떠돌던
갈매기 한 마리가 날아와
다소곳이 날개를 접고
형체 없는 그 목선 위로 내려앉았다.

촌장 할아버지가 애써 무언가를 설명하고 있었지만 소년의 귀에는 그저 공허한 소음에 불과할 뿐 도무지 무슨 말을 뇌까리고 있는 것인지 단 한마디도 그 의미를 포착할 수 없었다. 그렇게 소년은 난파된 목선의 유품인 양 덩그러니 홀로 남아 의지가지 없는 가여운 신세가 되고 말았다. 혼자라는 생각이 불현듯 심장을 찌르자 소년은 왈칵 두려움이 일면서 한차례 서늘한 전율이 전신을 훑어 내렸다. 이윽고 문득 떠오른 듯 소년은 순간 고개를 돌려 멀리 언덕 끝에 홀로 선 무인등대를 바라다보았다.

그러자 심장 언저리서 대번 온기 어린 친밀감이 피어나 구석구석 혈관을 타고 흐르면서 소년은 차츰 전신이 따스해지며 사르르 두려움이 사그라들었다. 바로 그 등대와 함께하는 한, 바로 그 등대가 곁에 있는 한, 언제까지나 소년은 혼자가 아니었던 것이다. 절로 솟구치는 눈물이 자꾸자꾸 소년의 시야를 가렸다. 젖은 망막 속으로 보일 듯 말 듯 흔들리는 등대의 형상과 함께 아스라이 멀어지는 엄마 아빠의 모습이 아물거렸다.

인간의 의지란 참으로 알쏭달쏭해서

때론 극한의 시련과 고통 속에서도

외려 무한한 인내와 불굴의 여유를 증거하며

보란 듯이 척척 역경을 견뎌내지만,

때론 정반대로 더할 나위 없는 풍요와

안정의 한가운데서도 되레 한때의 고난과

한 줌의 곤경을 극복하지 못해 한순간

회복불능의 상태로 맥없이 무너져버리고 만다.

이렇듯 인간은 한없이 듬직하고

무한히 믿음직스러우면서도

또한 걷잡을 수 없을 만큼 불안하고 나약하며

위태롭기 그지없는 복잡미묘한 존재인 것이다.

21. 진공

며칠이 지났다. 그리고 다시금 열흘인가가 지나갔다. 마을 뒷산 중턱 소년의 오두막집은 고즈넉한 오후의 햇발을 머금고 덩그러니 침묵에 잠겼다. 소년은 오늘도 아침 일찍 집을 나서 곧장 언덕 끝의 무인등대로 향했다. 처음 며칠 동안 소년은 우두커니 문지방에 걸터앉아 돌아오지 않는 엄마 아빠를 기다리며 흡사 박제된 풍경인 듯 고스란히 그대로 하루해를 보내곤 했다.

그러다 어느 순간 무성아, 무성아, 하고 부르는 소리에 놀라 퍼뜩 정신을 차리고는 벌떡 자리에서 일어서서 멀리 왼쪽으로 보이는 언덕 끝의 무인등대를 바라다보았다. 환영이었을까. 순간 그쪽에서 무인등대가 애타게 손짓하며 자신을 부르고 있었다.

다음 순간 소년은 튀어나가듯 집을 나와 정신없이 곧장 무인등대 쪽으로 내달았다. 그렇듯 단숨에 언덕을 뛰어 올라 한순간 와락 달려들어 무인등대를 끌어안았다. 그대로 한참을 얼싸안고 둘은 훌쩍훌쩍 서글프게 울었다. 그날 이후 소년은 날이 밝기 무섭게 집을 버리고 언덕 끝의 무인등대를 찾아갔고 그렇게 줄곧 이야기를 나누며 단둘이 하룻낮을 보내고는 어느덧 다저녁때가 되어서야 터덜터덜 언덕을 내려와 집으로 되돌아오곤 했다.

이것은 한편으론 자신에게 불어닥친 심리적 재난과 정면으로 맞닥뜨리려는 의연하고도 독립적인 모습임과 동시에 또 한편으론 교묘하게 현실을 부정하고 감당할 수 없는 정신적 압박에서 벗어나려는 자기 회피적 태도이기도 했다. 그렇든 저렇든 결국 명백한 것은, 소년은 여전히 그날의 충격과 그 거센 운명의 회오리에 휩싸인 채 우연인지 필연인지 모를 그 거대한 자연의 난폭성 속에서 홀로 처절하게 몸부림치고 있다는 사실이었다.

밤이 되면 또 앞마당에 홀로 서서 멀리 어둠 속에서 깜박이는 무인등대의 불빛을 바라보다가 한밤중이 되어서야 느지막이 이불 속으로 기어들어가 잠을 청했다. "꼬끼오! 꼬끼오!" 이윽고 부지런히 첫새벽을 깨우는 새벽닭 울음소리에 소년은 또 번개같이 일어나 얼른 문지방에 걸터앉아 어서 빨리 하얗게 날이 밝기만을 기다렸다.

왜 그런지 소년은 견딜 수 없이 조바심이 나고 또다시 허망하게 누군가를 잃을지도 모른다는 강박적 불안과 함께 그대로 턱턱 숨이 막히는 듯이 조급증이 일었다. 도무지 어쩔 도리가 없었다. 소년은 이미 자기 통제력을 잃어버렸다. 소년은 그렇게 실체 없는 회색빛 환영에 쫓겨 어느덧 까맣게 자아를 잊은 채로 홀린 듯 시간의 진공 속을 떠돌고 있었다.

22. 촌장

촌장 할아버지가 소년의 오두막집 사립짝을 밀고 앞마당에 들어선 것은 뉘엿뉘엿 햇덩이가 기우는 저녁나절이었다. 하늘 멀리서 슬금슬금 석양빛을 밀어내면서 시나브로 어스름이 드리우기 시작했다. 검붉은 저녁놀이 마지막 남은 물감을 쏟뜨려 푸른 수평선을 물들이면서 밀려드는 밤의 빛깔과 맞서 자기 영토를 빼앗기지 않으려고 치열한 기 싸움을 벌이고 있었다.

촌장은 토방으로 다가가서 외짝문을 열고 방안을 일별한 뒤 소년이 없자 곧 거기 문지방에 걸터앉았다. 아침 일찍 집을 나선 소년은 아직 돌아오지 않았다. 잠시 후 땅바닥을 기어가던 개미 한 마리가 촌장의 발치에서 문득 멈춰서더니 냉큼 고개를 쳐들고서 자신의 눈에 비친 그 낯선 생명체를 올려다보았다. 곧 개미는 시선을 거두고 다시금 땅바닥을 기어가면서 혼자 막연하게 이런 말을 중얼거렸다.

"저 거대한 물체는 무얼까?"
"어쩜 저 물체가 신이라는 존재가 아닐까?"
"후딱 굼벵이를 만나 물어봐야지."

집 뒤편에서 설핏 새소리가 울렸다.

"이제 오느냐?"

그때 마침 사립문 너머에 소년이 모습을 드러냈다. 곧 사립문을 밀고 소년이 앞마당으로 들어서자 촌장이 슬쩍 일어섰다가 무슨 생각을 했는지 도로 엉덩이를 붙이고 문지방에 걸터앉았다. 그사이 개미는 생각난 김에 속히 굼벵이를 만나보려고 토방에 파놓은 개미구멍 속으로 재깍 기어들어갔다.

소년은 촌장을 보는 순간 불현듯 그날 일이 떠오르면서 저도 모르게 숨이 차오르고 맥이 탁 풀리면서 잔뜩 풀이 죽었다. 소년이 축 처진 기색으로 두어 걸음 토방 쪽으로 다가가자 촌장이 잠시 소년을 바라보다가 다시 입을 열었다.

"또 언덕 끝에 갔었나 보구나."

소년은 잠자코 눈을 내리뜬 채 무심히 땅바닥을 바라보고 있었다. 순간 촌장 할아버지가 자신이 언덕 끝에 갔다 오는 것을 어떻게 알았을까 하는 생각을 떠올렸지만 그 생각은 이내 어디로도 연결되지 못하고 절로 사그라졌다. "실은, 할 얘기가 있어서 왔단다." 촌장 할아버지가 다시 입을 열었다. "얘야, 낼부터 나랑 같이 바다에 나가보지 않으련?" 그 소리에 번뜩 고개를 들고 소년은 할아버지를 바라보았다. 소년의 두 눈동자가 이상스레 빛이 나면서 투명한 수정 구슬처럼 반짝거렸다. "밤샘 조업을 마치고 아침녘에 돌아오는 길에 언덕 끝에 앉아 있는 널 보았단다."

할아버지가 계속 말을 이었다. "첨엔 별 생각 없이 지나쳤다만, 나중에 보니 여러 날이 지나도록 매양 그 시간에 또 그 자리에 앉아 있더구나. 그제야 조금 네 마음을 알겠더구나. 얘야, 넌 등대가 생겼을 때부터 유별나게 더 그 등대를 좋아했잖니. 그래서 알았단다. 그 등대야말로 세상에 하나뿐인 네 동무라는 걸 말이다." 잠시 시간을 두었다가 할아버지는 또 입을 열었다.

"하지만 등대가 아무리 좋아도 그렇게 하루 온종일 등대와 함께 지낼 수는 없지 않겠니. 허니 낼부터 나랑 바다에 나가자꾸나. 낼 새벽 닭울녘에 일어나 일찌거니 뱃일을 나가자꾸나. 허니 오늘은 초저녁에 일찍 잠자리에 들거라. 낼 닭잦추는 시간에 맞춰 데리러 오마......"

23. 출어

　전날 약속한 대로 새벽 첫닭울이에 할아버지가 한손에 석유
등을 들고서 소년을 깨우러 오두막집 앞마당으로 들어섰다. 할
아버지가 두어 번 마른기침을 뱉었다. 문밖에서 인기척이 나기
바쁘게 소년은 외짝문을 열치고 앞마당에 나와 반갑게 할아버지
를 맞았다. 아직 한창 꿈속일 거라 예상했던 할아버지는 전혀 뜻
밖의 상황을 맞닥뜨리고는 한편 기뻐하면서도 한편 놀란 기색을
감추지 못했다. 어제 그렇게 말은 해놨지만 아무래도 소년이 이
처럼 선뜻 따라나서리라곤 전연 예상치 못했던 것이다.

　그런 할아버지의 짐작과는 달리 소년은 밤새 가슴이 설레는
통에 내내 잠을 설치다가 아직 채 첫닭이 울기도 전에 이미 말짱
하게 깨어 있었다. 그런 상태로 문밖에서 후딱 할아버지의 발소
리가 들리기만을 기다리며 그쪽으로 가뜩 신경을 곤두세운 채

재깍 튀어나갈 태세를 갖추고 있었다.

얼마 뒤에 둘은 포구에 다다랐다.

바다 저 멀리 시푸른 첫새벽이 열리고 시나브로 어둠이 옅어지면서 수면은 막 검은 눈꺼풀을 들어 올리고 희푸르게 비치는 미명의 눈망울을 드러내고 있었다. 둘은 곧 목선에 올라 저만치 드리워진 아청빛 어스름 속으로 천천히 미끄러져 나아갔다.

할아버지는 석유등을 내려놓고 뒷전에 홀로 서서 비걱비걱 노를 저었고 소년은 뱃머리에 앉아 멀리 수평선을 응시한 채 거기 미세하게 뒤엉기며 변화하는 빛과 어둠의 은밀한 무언극 속으로 (치열한 그 각축전 속으로) 빨려들었다. 그리고 또 나무배는 얼마쯤이나 나아갔을까.

마을 포구는 어느덧 시야 저 멀리 스러지고 없었다. 할아버지는 그제야 노질을 늦추더니 곧 노를 걷고 배를 세웠다. 잠시 후 할아버지는 배 한가운데에서 양손에 그물을 들고 선 채 고요히 눈을 감고 기도하듯 바다를 향해 고개를 숙였다. 그리고 나서 다시 고개를 들고 먼 곳으로 시선을 한 번 던지고는 이윽고 손에 든 그물을 뱃전 너머로 휙 뿌렸다.

처음 몇 번인가는 헛그물질이 이어지더니 드디어 한 마리, 두 마리 물고기가 걸려 올라오기 시작했다. 소년은 그사이 노인이 시키는 대로 그물에 걸려 올라온 물고기를 어망에서 빼내 대바구니로 옮겨 담았다. 처음엔 손에 익지 않아 그물에서 물고기를 빼내는 것조차 쉽지 않았지만 얼마 안 가 소년은 어부의 후예답게 저절로 척척 요령을 터득하곤 알아서 착착 제몫을 감당했다. 그러는 동안 할아버진 묵묵히 지켜만 볼 뿐 그 어떤 조언이나 재촉도 하지 않았다. 얼마 후 대바구니가 잡은 물고기로 그득해지자 할아버진 그물질을 거두고 다시금 눈을 감고서 거기 여명의 바다를 향해 엄숙히 머리를 숙였다.

24. 만선

그물질을 마치고 되돌아가는 고깃배의 모습은 왔던 때의 그 광경과는 정반대였다. 즉 소년은 뒷전에 홀로 서서 비걱배각 노를 저었고 노인은 석유등을 끄고 덕판에 걸터앉아 어느덧 밝아오는 새맑은 아침해의 첫 빛살을 마시며 묵연히 생각에 잠겼다. (갓 피어난 햇살을 머금은 아침 바다가 깊푸른 태고의 물결로 일렁이며 잇달아 사방으로 빛발을 되쏘았다.) 그런 할아버지의 묵상을 방해하지 않으려는지 희맑은 대기를 선회하던 갈매기들도 서로 약속이나 한 듯 울음을 그치고 순순히 날갯짓을 늦췄다.

할아버지도 소년도 나무배도 갈매기도
그 순간 거대하고 신비로운
신의 눈망울에 비친 투명한 떨림이자

눈부시게 빛나는 생명의 호흡이며
영원처럼 흐르는 시간의 맥박이자
태양 아래 꿈꾸는 순백의 기억처럼 보였다.

"이제 그물질만 배우면 되겠구나."
할아버지가 드디어 입을 떼고 말했다.

"하지만 오늘 그물 던지는 걸 보았으니 따로 배울 필요는 없
단다. 그 또한 자연히 터득할 테니 말이다. 다만 이것 하나만은
꼭 기억해 두거라. 언제든 너의 대바구니가 다 차거든 곧바로 그
물질을 멈춰야 한단다. 그것이 네가 지켜야 할 단 하나의 법칙이
란다. 애야, 너의 대바구니가 다 찼다면 그것만으로 족하단다.
그것이 만선이란다. 그것이 섭리란다. 허니 더는 그물질을 해서
도 아니 되고 더는 물고기를 낚아 올려서도 아니 된단다. 애야,
만선이란 결코 잡아 올린 물고기로 고깃배를 가득 채우는 게 아
니라 단지 저마다의 바구니만큼……"

할아버지가 말을 멈추자
갈매기들이 비로소 끼룩끼룩

잠긴 목청을 돋우어

즐거이 새아침을 맞았다.

25. 작은 어부

그 뒤로 달포가량 지났다.

그간 소년은 촌장 할아버지에게서 뱃일 전반에 관해 많은 것을 듣고 배웠다. 이를테면 그물을 손질하는 법, 물이끼나 따개비나 해조류 같은 이물질을 제거하고 송진이나 헝겊이나 대나무껍질 따위의 뱃밥으로 물이 새는 곳을 막는 등의 목선을 관리하는 법, 철철이 물때를 알고 출어하는 법, 잡아온 물고기를 칼로 끌쩍끌쩍 긁어 고기비늘을 벗기고 종류별로 알맞게 손질하는 법 등등의 어부로서 갖춰야 할 이러저러한 지식과 기술과 요령들을 전수받았다.

그러면서 자연 그물질도 늘어 이제는 손수 그물을 던져 물고기를 척척 낚아 올리는…. 자못 기특한 수준에 이르렀다. 그런 소년을 보고 있노라면 할아버지는 절로 기꺼움에 겨워 이내 안면에 화색이 돌았다. 그러다 하루는 이렇게 칭찬을 하기에 이르렀다.

그 아버지에 그 아들이라더니,
과연 어부의 아들답구나!

다시금 여러 날이 지났다.

그사이 소년은 종종 할아버지 없이 혼자 나무배를 저어 두리 둥실 먼 바다로 나갔다. 그때마다 할아버지는 포구에 나와 서서 저만치 수면 위로 멀어지는 나무배를 배웅하며 절로 흐뭇이 미소를 지었다. 그 순간 소년은 배각배각 노를 저으며 반대로 포구에 선 할아버지의 형상이 작아지다 못해 어느덧 아스라한 한 점이 되어 사그라질 때까지 내내 눈을 떼지 못했다. 그러다 시간이 흘러 어느덧 나무배가 귀항하는 시각이 되면 할아버지는 또 포구에 나와 서서 못내 대견스럽다는 듯 만면에 가득 미소를 머금고 그 작은 신출내기 어부와 자신의 낡은 나무배를 마중했다.

그 뒤로 또 얼마가 지났을까.

어느 날. 할아버지는 돌연 당신의 나무배와 여러 어구들을 모두 소년에게 물려준 뒤 그날로 완전히 어로 작업에서 손을 뗐다. 너무도 갑작스러운 결정이었는지라 그 실행 또한 일각도 어물대지 않을 만큼 무척이나 빠르고 단호했다. 그처럼 선선히 모든 것을 내어주고 일상의 가녘으로 물러나 홀로 시간의 사잇길을 거닐면서 노인은 자신만의 여유와 사색 속으로 한가히 스며들었다.

할아버지는 종종
언덕 끝 무인등대 곁에 앉아
바다에서 돌아오는 나무배를 향해
반가이 손을 흔들곤 했다.

시간은 본디 직선이 아니다.

시간은 기실 동그란 원이다.

그 동그란 무한의 시간 속에서

존재는 또 태어나고 태어나

일생 혼자만의 시간 위를 돌고 돌다가

일순 움직임이 멎고

홀연 본디의 무한 속으로 되돌아간다.

26. 바윗돌

촌장 할아버지가 돌아가신 것은 그즈음의 어느 날이었다. 그 날도 소년은 선새벽에 홀로 바다에 나갔다가 환하게 먼동이 트는 시각 그물질을 걷고 뱃머리를 돌려 어느덧 빗발처럼 쏟아지는 첫 햇살을 맞으며 마을 포구로 노를 저었다. 얼마 후 멀리 포구가 눈에 들어오자 소년은 얼른 언덕 끝 무인등대 쪽으로 시선을 모았다. 할아버지는 어김없이 무인등대 곁에 앉아 소년을 기다리고 있었다. 시시각각 포구에 가까워질수록 할아버지의 윤곽은 더 또렷하게 소년의 눈망울로 비쳐들었다.

반가운 마음에 소년은 더 빠르게 배를 저었다. 한데 이상했다. 나무배는 점점 포구 쪽으로 가까워지고 있었지만 할아버지는 왠지 손을 흔들지 않았다. 할아버지의 형상은 언뜻 무인등대 곁에 달라붙은 묵직한 바윗돌처럼 보였다. 소년은 그쪽에서 눈을 떼지 않고 더욱더 힘주어 할아버지의 모습을 주시했다. 이윽고 무인등대에 머리를 기댄 채로 잠든 할아버지의 모습이 눈에 들어왔다. 소년은 할아버지가 자신을 기다리다 잠시 선잠이 들었나 보다고 생각했다.

얼마 후 포구에 배를 대기 무섭게 소년은 언덕 끝 무인등대 쪽으로 내달았다. 그리하여 마침내 소년은 보았다. 바로 그곳에 할아버지의 마지막 기억과 숨결이 남아 있었다. 할아버지는 어쩜 자신의 짐작대로 깜박 잠이 든 것인지도 모른다. 할아버지는 정녕 단단한 바윗돌이 된 것인지도 모른다. 할아버지는 본디 먼먼 은하에서 떨어져 내린 불멸의 운석이었는지도 모른다.

할아버지는 그렇게 인간의 외피를 걸치고 잠시 인생이란 이름의 공허 속을 떠돌다가 마침내 무인등대 곁에 앉아 고단한 머리를 부려놓고 영원히 죽지 않는 시간 속으로 홀연 되돌아간 것인지도 모른다.

27. 빈터

마을 사람들은 촌장 할아버지의 유체를 거두어 고인의 집에 빈소를 차리고 정성 어린 공경과 예우로써 삼일 낮밤 동안 조의를 표한 뒤 뒷산 너머 양지바른 골짜기에 고이 장사지냈다. 출상하던 날, 소년은 내내 긴장감에 짓눌린 채 혼자 묵묵히 서서 겁먹은 듯 소심한 눈길로 발인제와 출관을 지켜보았다. 그러다 이윽고 선소리꾼이 막 요령을 흔들며 앞소리를 메기는 것을 신호로 망자의 상여가 끝내 장지로 떠나려는 찰나 더는 견딜 수가 없었는지 갑자기 왕 울음을 터트리면서 저만치 포구 쪽으로 냅다 줄달음을 치고 말았다.

그런 소년의 뒤편으로
땡강땡강 울리는 요령 소리와 함께

마을 상여꾼들이 부르는 구슬픈 상엿소리가
온 마을을 휘돌며 하늘 저 멀리 울려 퍼졌다.

 망자의 초옥은 그렇게 온기를 잃고 주인 없는 황량한 빈터로
덩그러니 그 자리에 남았다. 할아버지의 장사를 치른 뒤 한동안
소년은 고인의 집을 들여다볼 엄두가 나질 않아 종일 자기 집에
틀어박혀 꼼짝도 하지 않았다. 다시금 나무배를 타고 고기잡이
를 나갈 생각 따위는 이미 소년의 의식 너머로 까마득히 흩어지
고 없었다.

 이즈막 소년의 심정은 전날 엄마 아빠를 잃었을 때와 유사했
다. 뭐랄까. 딱히 이렇다고 간단히 정의할 수 없는 복합적 심리
상태였지만 그럼에도 그 모든 감정의 중추를 관통하는 한 가지
는 자명했다. 바로 상실감이었다. 다시 말해 소년은 이미 촌장
할아버지에게 실제 혈육 같은 친밀감과 따스한 정겨움을 느끼고
있었던 것이다. 하지만 전날의 그 상실감과 지금의 그 상실감은
얼핏 봐서는 비슷하면서도 어느 면에서는 또 확연히 달랐다.

 즉 엄마 아빠에 대한 상실감이 가슴이 터질 듯이 차오르면서
숨이 콱 막힐 듯한 느낌이었다면... 촌장 할아버지에 대한 상실
감은 갑자기 심장을 통째로 들어내버린 듯 내면 한가운데 움푹

구멍이 뚫리면서 동시에 영혼마저 텅 비어버린 듯한 느낌이었던 것이다. 요컨대 전날의 그것은 무섭게 팽창하는 압박감에 더 가까운 상실감이었고... 지금의 그것은 끊임없이 공복증을 일으키는 허무감에 더 가까운 상실감이었던 것이다.

28. 다시 등대로

    그렇게 어부로서의 짧은 추억을 뒤로하고 소년은 하나뿐인 단짝인 무인등대 곁으로 되돌아갔다. 그런데 무인등대 곁으로 되돌아온 소년은 곧바로 생각지도 못한 야릇한 감정에 사로잡혔다. 언덕 끝의 무인등대는 여전히 전날의 그 무인등대였지만 그 무인등대를 인식하는 소년의 감정에는 전날과는 다른 내밀한 변화가 일기 시작했던 것이다. 일테면 무인등대는 이제 오롯이 자신만의 소유물이 아닌 돌아가신 촌장 할아버지와 반반의 비율로 지분을 나눠 갖는 일종의 공유물처럼 여겨졌던 것이다. 그러면서 소년은 자꾸만 상상인지 망상인지 모를 엉뚱한 생각에 빠져들었다.

    어떤 날은 자신이 돌아가신 할아버지의 환생일지도 모른다는 기괴한 공상을 하는가 하면, 어떤 날은 할아버지는 지금 돌아가신 게 아니라 단지 자신의 모습으로 잠시 변신한 것일지도 모른다는 터무니없는 착각에 빠지기도 했다. 그런 증세는 갈수록 더 빈번해지고 심각해졌다.

그러면서 점차 자유의지가 흐릿해지고 동시에 망상은 더 병적으로 교묘해지면서 섬망의 형태로 변해갔고 소년은 어느덧 환각과 실제를 거의 구분할 수 없는 정신적 착란상태에 이르고 말았다. 급기야 소년은 자기 자신이 돌아가신 할아버지도 아닌, 그렇다고 지금의 자기 자신도 아닌, 바로 하늘 저 멀리 은하 끝에서 날아온 별들의 정령, 즉 어느 미지의 외계에서 낙하한 유다른 존재일지도 모른다는 얼토당토않은 환상에 젖어들고 말았다.

29. 다시 바다로

그러던 어느 밤이었다. 소년은 밤새 식은땀을 흘리고 헛소리를 뱉어내며 악몽에 시달렸다. 그러다 얼추 달구리쯤 되었을 때 한순간 싹 악몽이 사라지면서 이윽고 전혀 다른 광경이 눈앞으로 다가왔다. 바로 그 장면에서 뜻밖에도 소년은 돌아가신 촌장 할아버지를 보았다.

촌장 할아버지가 소년의 꿈에 나타난 것은 이날이 처음이었다. 둘은 그렇게 또 하나의 현실의 공간인 꿈의 세계에서 홀연 조우했다. 노인과 소년은 그전처럼 나무배에 함께 타고 저만치 달빛 비친 밤바다를 떠가고 있었다.

할아버지는 으레 뒷전에 홀로 서서 노를 저었고 소년은 뱃머리에 따로 앉아 잠잠히 밤바다를 응시하고 있었다. 바다는 달빛 아래 깊은 침묵에 잠겼고 주위는 검푸른 어항 속처럼 고요했지

만 어쩐 일인지 삐걱삐걱하는 노 젓는 소리도 철썩철썩하는 물
소리도 들리지 않았다.

저어라, 저어라, 노를 저어라.
저 하늘을 건너서, 은하수를 건너서
어허라, 어허라, 노를 저어라.
한세월을 건너서, 저 바다를 건너서
저어라, 저어라, 노를 저어라.
달빛 바다 건너서, 꿈의 바다 건너서

어느 순간 할아버지의 노랫소리가
밤하늘을 울리며 달빛 바다로 녹아들었다.
이윽고 할아버지의 노랫소리가 잦아들고
소년이 막 뒷전을 돌아보았을 때
할아버지는 홀연 보이지 않고
느닷없이 한차례 물결이 솟구치면서
단숨에 나무배를 휘감아 획 뒤엎었다.

30. 빈집

　소년이 번뜩 눈을 떴을 때는 벌써 환하게 동이 트고 문살에 비친 해그림자가 어슴푸레하게 방바닥에 떨어지고 있었다. 소년은 곧 몸을 일으켜 바람벽에 등을 기댔다. 대번 간밤의 꿈이 떠올랐다.

　이어 귓전에서 불쑥 할아버지의 노랫소리가 들리는 듯했다. 바로 눈앞에서 듣는 듯이 생생하게 기억되는 목소리와 달리 뒷전에서 노를 저으시던 그 모습은 왠지 흐리터분했다.

　그새 소년은 촌장 할아버지의 용안마저 잊은 것일까. 소년은 순간 지난날을 돌이켜 할아버지의 얼굴을 떠올리려 애를 썼지만 그 윤곽만 겨우 흐리마리할 뿐 도무지 이목구비 하나도 선명히 떠오르지 않았다.

아무리 생각해도 이상한 꿈이었다.

얼마 뒤에 소년은 외짝문을 열고 앞마당으로 나왔다. 으레 또 왼편으로 고개를 돌려 소년은 멀리 언덕 끝에 우뚝 선 무인등대를 바라다보았다. 잠시 그러고 있는데 별안간 마음이 산란해지면서 왠지 모르게 촌장 할아버지 댁에 한번 들러 봐야 할 것 같은 돌발적 의무감이 뇌리를 쳤다.

그러면서 곧 그동안 자신이 너무 매정하게 할아버지의 집을 외면한 채 돌아보지 않았다는 자책감이 일었다. '어쩜, 그래서 그런 건지도 몰라. 그래서 할아버지가 그렇게 화가 나신 건지도 몰라. 그래. 아마 그 때문에 노여움이 일어 꿈속에서 그렇게 나무배를 뒤엎은 것인지도 몰라……' 그렇게 간밤의 할아버지를 떠올리며 소년은 잇달아 마음속으로 중얼거렸다.

소년이 오두막집을 나와 촌장 할아버지의 집 앞마당에 들어선 것은 대략 삼십 분쯤 지나서였다. 할아버지의 집은 마을 포구 가까이에 자리하고 있었다. 주인 잃은 할아버지의 집은 을씨년스러우리만치 휑뎅그렁했다. 단지 주인 없는 빈집이 아니라 아주 오래전에 버려진 폐가 같은 음산함마저 감돌았다.

그간 자신 뿐 아니라 마을의 다른 이들조차 거의 한 번도 다녀가지 않은 듯했다. 그런 생각이 들자 소년은 또 울컥 할아버지에 대한 미안함이 일면서 부쩍 더 죄스러운 마음이 들었다. 그러면서 할아버지와 자신의 사이가 어느덧 서름서름한 타인처럼 변해버린 듯이 괜스레 계면쩍은 심정에 사로잡혔다. 곧 소년은 미안함을 만회하려는 듯 서둘러 집 청소를 시작했다. 한동안 소년은 쓸고 닦고 치우고 묵은 먼지를 털어내면서 숨도 쉬지 않고 자기 일에 몰두했다.

소년은 먼저 싸리비를 집어 들고 앞뒤 마당을 싹싹 말끔히 비질한 뒤 곧 무릎이 새근하도록 방바닥과 쪽마루를 오가며 빡빡 걸레질했다.

곧이어 낡은 정지와 허름한 헛간은 물론 텅 빈 쌀광에서 파리며 구더기며 별별 벌레가 욱시글대는 뒷간에 이르기까지 집 안 구석구석을 빠짐없이 돌아가며 어디 거미줄 하나 빠뜨리지 않고 깨끗이 치우고 갖가지 자질구레한 물건들을 따로 모아 가지런히 정돈했다.

소년의 이마에는 그새 숭얼숭얼 땀방울이 맺혔다. 그런 뒤에야 겨우 일손을 놓고 잠시 앞마당에 멈춰 서서 숨을 돌렸다. 그러고서 막 일손을 다시 붙들려는데, 울 밖에서 별안간 웅성웅성

시끄럽게 떠드는 소리가 났다. 냉큼 뭔 일인가 하고 내다보니 이 윽고 마을 사람 여럿이 우세두세 무리 지어 포구 쪽으로 몰려가 는 광경이 눈에 들어왔다.

31. 표류

잠시 후 소년은 앞마당을 나와 저만치 보이는 포구 쪽으로 달려갔다. 마을 사람들은 그사이 무언가를 에워싼 채 포구 한옆 물가 쪽에 우르르 몰려들어 있었다. 물가를 앞에 두고 반원형으로 두 겹 세 겹 둘러싼 사람들로 인해 그들이 무엇을 가로막고 있는지, 그들 너머에 어떤 비밀이 가려져 있는지 소년으로선 좀체 알 도리가 없었다.

그쪽에 대체 무슨 구경이 난 걸까. 곧 호기심에 못 이겨 소년은 한껏 까치발을 들고 사람들의 등 너머를 넘겨다보려 혼자 낑낑대며 안달복달 애를 태웠다. 이윽고 더는 답답함을 견딜 수가 없었는지 갑자기 소년은 막무가내로 사람들을 밀치면서 힘겹게 틈새를 비집고는 일단 정수리부터 밀어 넣은 다음 다시 두더지가 땅을 파듯 뚫고 들어가 드디어 그쪽으로 풀쑥 앞머리를 들이 밀었다. 그제야 그쪽에서 이런 광경이 눈에 들어왔다.

먼저, 난파된 목선의 파편들이 보인다.
이어 엎어지듯 물가에 쓰러져 있는
두 모녀의 주검이 눈에 들어온다.

눈에 비친 모양새로 보아 하나는 아홉이나 열 살쯤 돼 보이는 깡마른 소녀였고, 또 하나는 마흔 살가량 됐음직한 꽤 실팍한 살집을 지닌 여인이었다. 소년의 뇌리를 때리며 간밤의 꿈이 떠오른 것은 바로 그때였다. 아마도 모녀는 바다 위를 표류하다가 거센 파도에 휩쓸려 배가 뒤집히자 살기 위해 무작정 망망대해를 헤엄치다가 끝내 탈진하여 정신을 잃고 그렇게 난파된 목선의 잔해들과 함께 밀물에 쓸리면서 마침내 이곳 물가로 떠밀려온 것이리라.

이윽고 새로운 촌장이 죽은 모녀 쪽으로 다가가 조심스레 둘의 상태를 살펴보았다. 그러면서 촌장은, 우선 시신부터 잘 수습한 뒤 지체 없이 배를 띄워 최대한 신속히 해경에 가서 변사자 발견 신고를 해야겠다는 생각을 했다. 그러는 동안 소년은 들이 밀었던 머리를 도로 빼내고 혼자 되돌아서서 고개를 살짝 비낀

채로 간밤의 그 꿈에 대해 골똘히 생각에 잠겼다. 무슨 꿍꿍이라
도 있는지 그사이 한 떼의 갈매기들이 물가로 몰려와 머리 위에
나지막이 떠서 사람들의 동정을 엿보며 느릿느릿 그 자리를 떠
돌고 있었다.

32. 새로운 촌장

　할아버지의 뒤를 이어 새로 촌장이 된 사람은 이제 막 초로에 들어선 오십대 중반쯤의 사내였다. 그는 나이나 연륜보다는 그가 지닌 순박한 심성과 담박한 품성을 인정받아 새롭게 촌장이 되었다. 마을의 대표인 촌장은 본디 공석이 될 때마다 마을 장로 가운데 가장 연장자가 자연 그 자리를 이어가는 것이 종래의 관습이었다.

　한데 이번에는 처음으로 예외적인 경우가 발생했다. 즉 돌아가신 할아버지가 당신의 후임으로 특별히 그 사내를 지목했던 것이다. 그러면서 하루는 그 사내를 불러 놓고 이런 당부의 말을 남겼다. 그 후 그 사내는 그날의 그 당부를 할아버지의 유훈으로 삼아 마음 깊숙이 구구절절 아로새겼다.

마을과 전통과 부락민들을 부탁함세.

바다와 파도와 갈매기들을 부탁함세.

안개와 포구와 구름 낀 저 하늘을 부탁함세.

등대와 목선과 노을 진 수평선을 부탁함세.

밤과 고요와 달과 고독과 별과 미소와

꿈과 동화와 푸른 밤하늘의 은하수를 부탁함세.

삶은 길이가 아니라 두께라는 걸 잊지 말게.

삶은 단지 하루하루 살아가는 게 아니라

매일매일 새롭게 쌓여가는 거란 걸 잊지 말게.

돌아보면 아름답지 않은 삶은 없다는 걸 잊지 말게.

모든 삶은 저마다 그 자체만으로 빛나고

그 존재만으로 향기로우며

그 이름만으로 가슴 설레는

둘도 없는 선물이자 보석이란 걸 잊지 말게.

돌아가시기 며칠 전 할아버지는 마을 노인들을 집으로 불러

놓고 자신의 심중을 밝힌 뒤 그대로 따라줄 것을 거듭 당부했다. 이러저러한 불만과 반대가 없는 것은 아니었지만 결국 거듭되는 간곡한 부탁에 감화되어 좌중은 모두 촌장의 의견에 따르기로 쾌히 합의했다.

노인들은 누구나 그 사내의 선량한 인성과 뜨겁고 순수한 성실성을 익히 아는 터였고 또한 마을을 위해 그 사내가 얼마나 헌신적으로 애써왔는지 충분히 인식하고 있었으므로 비록 관습에는 반할지라도 그가 새로운 촌장이 되기에 전혀 부족함이 없으리란 결론을 내렸던 것이다.

그 사내는 그렇게 마을을 대표하는 새로운 촌장이 되었고 동시에 전임 촌장이 보관하고 있던 작은 나무상자(모서리에 쇠테를 박고 녹슨 경첩 덮개가 달렸다) 하나도 따로 인계받았다. 그가 넘겨받은 나무상자에는 서너 개의 열쇠가 보관돼 있었는데 바로 언덕 끝에 서 있는 무인등대와 관련된 것들이었다.

그중 하나는 무인등대 안으로 드나들 때 필요한 출입문 열쇠였고 그 나머지는 등대 내부에 설치된 몇몇 기계들을 조작하는 데 필요한 것들이었다.

이 무인등대는 본시 지역 해양경찰청에서 관할하는데, 이곳은 그야말로 벽촌 중의 벽촌인데다 등대 또한 관리원이 상주하는 유인등대가 아닌 관계로 매번 오고가는 불편(아직 육로가 뚫리기 전이었다) 따위를 줄이기 위해 편의상 마을 촌장에게 평시의 등대 관리권(일종의 등대지기 역할)을 일임한 것이었다.

33. 갈매기

촌장이 잠시 죽은 모녀를 살펴보고 난 뒤 한쪽으로 마을 사람들을 따로 불러 모았다. 그러고서 모녀의 시신을 등지고 선 채 촌장은 사람들을 향해 무언가를 설명하기 시작했다. 곧 촌장은 마을 사내 하나에게 자신의 집에 가서 시신을 옮길 들것과 담요를 가져오라고 지시했다.

바로 그 틈을 노린 갈매기들이 죽은 모녀의 몸뚱이를 향해 일시에 우르르 달려들었다. 그리고 채 일이 분도 지나지 않아 녀석들은 화들짝 놀라 푸드덕 날개를 털며 달아나듯 푸르르 날아올랐다. 순간 죽었던 몸뚱이 하나가 왈칵 구역질을 하면서 느닷없이 퍼뜩 정신을 차린 것이다.

가장 먼저 그쪽을 되돌아본 사람은 소년이었다. 소년은 갈매기들의 날갯짓에 놀라 번뜩 생각을 멈추고 냉큼 등 뒤를 되돌아본 것이다. 곧 마을 사람들도 상황을 깨닫고는 서둘러 다시 그쪽으로 모여들었다.

거의 죽다 살아난 엄마는 정신이 들자마자 대번 어린 딸부터 찾는다. 곧 딸애를 발견하고 그쪽으로 기어가서 조심조심 아이 몸을 돌려 바로 눕힌다. 이어 딸애의 턱을 세워 닫힌 입을 벌린 다음 입안에 손가락을 넣어 차분하면서도 신속하게 해초 따위의 이물질을 제거한 뒤 드디어 열린 아이의 목구멍 속으로 호호 자신의 숨을 불어넣기 시작한다.

놀라 달아났던 갈매기들이 어느새 그 자리로 되돌아와 머리 위를 맴돌며 초조하게 두 모녀를 내려다보고 있었다. 사람들은 한껏 숨을 죽인 채 바싹바싹 간이 타들어가는 심정으로, 저마다 간절히 기도하는 눈망울로 두 모녀를 지켜보았다. 그러다 이윽고 죽어가던 아이가 울컥 무언가를 게워내면서 정신이 돌아오자 사람들은 일제히 탄성을 올리면서 절로 감격에 겨워 연거푸 세차게 손뼉을 쳤다.

돌연 그 자리는 유쾌한 기쁨과 떠들썩한 환호가 솟구치는 감동의 공간으로 변모했다. 그 통에 갈매기들은 또 깜짝 놀라 푸르르 날개를 치며 잽싸게 바다 쪽으로 달아나 버렸다. 거의 동시에 마을 쪽에서 양쪽 겨드랑이에 들것과 담요를 말아 끼고 뛰어오는 그 사내가 보였다.

당장 상황이 상황이니만큼 그 사내의 표정은 무척이나 진지해 보였다. 그것들은 이제 앞서의 그 필요성을 잃었다는 걸 그는 아직 모르고 있을 터였다. 설령 그렇더라도 그 사내는 조금도 기죽을 이유가 없다. 우선 죽은 줄로 알았던 사람이 되살아난 것이 무엇보다 기쁜 일이고 게다가 죽은 자를 옮기는 것(애초의 쓰임) 못잖게 방금 막 기사회생한 조난자를 구조하는 용도로도 그 담요와 들것은 필시 제격일 터이기 때문이다.

어디 그뿐인가. 짐작건대 그 담요와 들것의 입장에서도 이미 죽은 이를 옮기는 데 쓰이는 것보다는 이제 막 되살아난 미약한 생명을 보호하는 데 자신들이 쓰이는 것이 훨씬 더 값지고 보람 있는 일이 아니겠는가.

34. 모녀

두 모녀가 살던 곳은 제주도의 어느 작은 바닷가 마을이었다. 엄마는 할머니의 할머니 그리고 그 할머니의 할머니 적부터 대대로 해녀였고, 어린 딸은 갓 물질을 배우기 시작하는 초보 해녀(애기잠수)였다. 그러던 어느 날, 섬 전역에 난데없는 변고가 터졌다.

즉 어떤 이념과 이념의 대립, 사상과 사상의 갈등, 체제와 체제의 격돌, 운명과 운명의 투쟁, 가치와 가치의 충돌로 인해 서로가 서로를 불신하고 증오하며 무참히 죽고 죽이는 끔찍한 유혈사태가 발생한 것이다. 상황은 갈수록 악화되어 급격히 치안 부재 상태로 내달았고 급기야 피와 피, 살과 살, 총과 총, 칼과 칼, 세력과 세력, 폭력과 폭력만이 난무하는 통제 불능의 무정부 상태로까지 치달았다.

......경찰은 경찰대로 집단은 집단대로 군대는 군대대로 민중

은 민중대로 따로따로 제각기 편이 갈려 닥치는 대로 인명을 살상하며 참혹한 폭거를 자행했다. 그 와중에 소녀의 아빠는 아무것도 모른 채로 성난 급류에 떠밀리듯 그 사태에 휘말렸고 어느 무력충돌 현장에서 그만 어디서 날아온 것인지도 모르는 유탄에 맞아 절명하고 말았다. 이튿날 식수를 길어 담은 물허벅을 등에 지고 집으로 돌아오는 길에 소녀의 엄마는 어촌계장을 만나 그로부터 청천벽력 같은 남편의 비보를 전해 들었다.

그날부터였다.

그녀는 당장 불안과 공포 그리고 솟구치는 울분과 비통에 사로잡힌 채 그대로 식음을 전폐하고 오로지 눈물과 시름과 탄식만을 끌어안고 몇 날 며칠 밤을 망연자실 뜬눈으로 지새웠다. 그러던 어느 날 밤. 그녀는 돌연 살던 집을 버리고 딸과 함께 무작정 달빛 속을 내달아 이윽고 마을 앞 물가에서 남편의 고깃배에 뛰어올랐다. 그길로 곧장 마을을 벗어나 멀리 어둠의 바다 한가운데로 모녀는 탈출을 감행했던 것이다.

그녀 스스로도 너무나 급작스러운 결정이었기에 급한 대로 호신용으로 쓸 빗창(전복 따는 도구) 하나만 손에 쥔 채 그대로 쫓

기듯 달려 나왔을 뿐 하다못해 조그만 보따리 하나 챙겨 들지 않은 사실상 맨몸뚱이였다. 그녀가 끝내 그런 결심을 하게 된 결정적인 동기는 이랬다. 즉 무슨 의미였는지 그날 남편의 비보를 전하면서 어촌계장은 말끝에 자못 심각한 어조로 이렇게 넌지시 경고하듯 덧붙였던 것이다.

"……미리미리 대비하는 게 좋을 겁니다. 아주머니, 각별히 조심하셔야 합니다. 사태가 여간 우려스러운 게 아닙니다. 뭐가 옳고 뭐가 그른지, 누구 말을 믿어야 할지, 누구 말이 참이고 누구 말이 거짓인지, 어느 편이 우군이고 어느 편이 적군인지, 도무지 아무것도 종잡을 수가 없으니까요."

그가 계속 말을 이었다.

"아주머니, 머잖아 곧 군경이 들이닥칠지도 모릅니다. 요새 폭동 현장에서 죽은 폭도들은 물론 그들의 처자와 일가 친족들까지 모두 사상이 불온한 불량 단체에 소속된 불순 인물로 추정하고 모조리 잡아다가 쥐도 새도 모르게 처단할 거란 소문이 돌고 있으니까요……"

35. 정착

그 뒤로 한 달 남짓 지났다.

두 모녀는 그사이 새로운 촌장의 집에 머물면서 극진한 배려와 돌봄을 받고 마침내 완전한 건강을 되찾았다. 촌장의 아내는 물론이고 부락민들 하나하나가 모두 다정한 관심과 순수한 애정으로 하루가 멀다고 찾아와 모녀의 상태를 물었다. 그러면서 조금이나마 촌장 아내의 노고를 덜어주고자 서로가 순서를 정해 날마다 소소하지만 정성이 가득 담긴 음식들을 꼬박꼬박 이곳으로 날라다 주었다.

몇몇 산나물을 제외하고는 대부분 해산물을 재료로 한 음식이었지만 두 모녀 또한 태내에서부터 바닷사람인지라 무엇이든 거슬리는 것 하나 없이 입맛에 딱딱 맞았다. 그런 부락민들의 살가운 노력과 더불어 거친 바다와 매서운 파도가 키워낸 해녀만의 억척같은 생명력이 더해져 모녀는 그처럼 빠르게 심신의 안정과 기력을 회복했던 것이다.

며칠 후 새로운 촌장을 위시하여 마을 노인 몇몇이 모처럼 한자리에 모였다. 평화롭게 하루해가 기울어가는 고즈넉한 황혼녘이었다. 장소는 마을 뒷산 중턱에 자리한 소년의 오두막집 앞마당이었다.

따로 긴히 상의할 게 있어 일부러 멀찌감치 떨어진 이곳 오두막집을 회합장소로 정한 것이다. 마치 사이좋게 둘러서서 모닥불을 쬐는 사람들처럼 그들은 둥그렇게 모여서서 두런두런 정담을 주고받았다.

이날 회동의 목적은, 다름 아닌 두 모녀의 안정적인 정착을 모색하고 아울러 그에 필요한 사항들을 미리미리 고려하여 준비하기 위한 것으로, 이를테면 새로운 이웃을 맞이하기 위한 긴밀하고도 화기 넘치는 기분 좋은 만남이었다. 그 뒤로 다소간의 의견이 더 오간 뒤 그들 일동은 이윽고 그 자리에서 다음과 같은 사항을 결의했다.

1. 비어 있는 촌장 댁을 모녀의 거처로 한다.

2. 필요한 세간은 빠짐없이 미리 마련해둔다.

3. 이사 후 정식으로 모여 환영연을 연다.

36. 반달

촌장과 마을 노인들이 오두막집에 모여 있는 동안 소년은 집을 비우고 새로 만난 소녀와 함께 멀리 언덕 끝의 무인등대로 달려갔다. 무인등대는 오늘도 꼿꼿이 등을 세운 채 무심히 먼 바다를 응시하며 침묵에 잠겼다. 한동안 둘은 말없는 무인등대를 관객 삼아 서로 술래잡기하듯 신나게 풀밭 위를 뛰놀았다. 그러다 소년은 방금 전 무인등대 곁으로 돌아와 혼자 풀밭에 앉아 멀리 석양빛에 물든 수평선을 바라다보았다.

그러거나 말거나 소녀는 뭐가 그리 즐거운지 혼자 까르륵까르륵 웃어대면서 나비 한 마리를 계속 쫓아다니며 자꾸 성가시게 굴고 있었다. 이 순간 바다는 오롯이 석양만의 독무대였다. 해면은 그대로 커다란 팔레트로 변했고 석양은 거기에 빛의 물감을 풀어 오묘하게 수면을 착색한 뒤 이번에는 빛의 붓을 기울여 착색된 그 물감을 붓촉에 푹 찍어서는 천년만년 익달한 붓놀림으로 사르락사르락 수평선 자락을 색칠했다.

"무성아! 무슨 생각해?"

(언제 다가왔는지 모르게 생글방글대면서...)

소녀가 막 소년의 곁에 바싹 붙어 앉으며 말했다. 소녀에게서 순간 풋풋한 풀꽃 내음과 함께 새로 빨아 입은 치마저고리에서 나는 새물내 그리고 향긋한 바다 숨결이 감도는 치열하고도 활기찬 열기가 훅 끼쳐왔다. 뭔가 순박하면서도 검질긴, 뭔가 따스하면서도 야생적인 활력이 소녀의 그 열기 너머로 꿈틀거렸다.

소년은 바다와 석양빛 그리고 수평선과 함께하는 자신만의 은밀한 기쁨을 방해받았다는 듯 살짝 언짢은 기색을 띠면서 한손을 들어 저 멀리 노을빛에 젖은 수평선 자락을 가리켰다. 곧 소년의 손끝을 따라 고개를 돌려 소녀는 먼 곳으로 시선을 던졌다. 그렇게 나란히 앉아 둘은 말없이 바다 끝에 물든 까치놀을 바라다보며 생각에 잠겼다. 그런 침묵 속에서 소녀는 얼마쯤 제 안의 열기를 식히고는 이윽고 이렇게 다시 입을 열었다.

"무성아, 이렇게 수평선을 바라보고 있으니까, 지금 이 세상에 아무도 없는 것만 같아. 너도 나도 엄마도 그리고 또 마을 사람들도……" 그러다 무슨 생각을 했는지 소녀는 문득 슬픈 표정을 지으면서 말을 멈췄다. 소녀는 불현듯 떠나온 고향집과 동무들 그리고 돌아가신 아빠가 떠올랐던 것이다. 그러면서 소녀는 거기 자기 방에 두고 온 그 작은 애장품을 떠올렸다.

바로 접때 자신의 생일날에 아빠가 선물로 사다주신 곱디고운 한 쌍의 꽃신이었다. 그 뒤 아까워서 차마 신지 못하고 벽장 안 깊숙이 소쿠리로 고이 덮어둔 채 몰래몰래 한 번씩 꺼내보던 보석 같은 애완물이었다. 그날 밤 너무도 다급히 서두르는 통에 미처 그것을 챙겨올 겨를도 없이 소녀는 엄마 손에 이끌려 잠결에 그만 자기 방을 떠나왔던 것이다.

한동안 둘은 아무 말이 없었다. 그렇게 잠잠히 앉아 소녀는 돌아가신 아빠를… 소년은 오지 않는 엄마 아빠를 떠올리며 그리워했다. 그런 두 아이의 마음을 아는지 모르는지 무인등대는 시종 감정의 음영이 없는 무감각한 얼굴로 골몰히 침묵에 잠겼다.

언덕 위로 어느덧 저녁 어스름이 번지면서 사륵사륵 밤이슬이 내리고 있었다. 그러다 이윽고 하늘 저만치에 반달이 떠올랐다. 여린 달빛이 무인등대를 비끼면서 그 아래 뭉툭하게 달라붙은 한 쌍의 작은 달팽이를 비췄다. 이제는 돌아갈 시간이 되었다고 노래하는 듯 자꾸만 달빛 속에서 풀벌레가 울었다.

37. 보름달

둘은 무인등대를 뒤로하고 사이좋게 달빛을 받으면서 소곤소곤 이야기를 주고받으며 언덕길을 내려오고 있었다.

그새 두 아이를 잊었는지 무인등대는 이제 밤바다로 눈을 돌리고 깜박깜박 눈빛을 내쏘아 달빛 젖은 수면을 어루쓸었다.

둘은 언덕을 내려와 곧장 집으로 돌아가지 않고 돌연 방향을 돌려 저만치 보이는 물가 쪽으로 걸음을 옮겼다. 두 아이가 마냥 좋다는 듯 아까부터 한시도 떨어지지 않고 달빛이 고집스레 거기까지 뒤따라왔다. 흡사 어른들은 모르는 그들만의 비밀한 얘기라도 나누는 듯 둘은 조용조용 소곤거리며 한동안 마을 앞 물가를 오락가락했다.

"해인아, 저 반달이 지금 무슨 생각하는지 알아?" 소년이 우뚝 걸음을 멈추면서 말했다. 해인도 따라 발을 멈추고 무슨 뜬금없는 소리냐는 듯 소년을 멀뚱멀뚱 쳐다보았다. 얼핏 자기 이름이 들리는 듯하자 머리 위에서 반달이 흠칫 놀랐다가 이내 왈칵 호기심이 일어 물가 쪽으로 잔뜩 귀를 모았다.

순간, 누가 들으면 안 된다는 듯 소년은 이쪽저쪽 눈을 돌려 주위를 한껏 경계하고는 이윽고 소녀의 귀에 바짝 입을 가져가 속삭속삭 귓속말을 하는 것이었다. 그 통에 반달은 아무 소리도 들을 수가 없자 돌연 새침하니 토라져 부질없이 안절부절못하며 발만 연신 동동거렸다.

"해인아, 있잖아... 저 반달은 지금 어디 있는지도 모르는 자기 반쪽을 생각하면서 저렇게 속절없이 자기 속만 태우고 있어. 그니까 어서 빨리 나머지 반쪽을 되찾아 자기의 본모습인 온전한 보름달이 되고 싶은 거야. 하지만...... 이제 난 반달이랑은 달라. 전엔 나도 반달처럼 똑같이 반쪽뿐이었지만, 이젠 나머지 반쪽을 되찾아 이렇게 완전한 보름달이 되었으니까......"

소년의 말끝에 해인은 냉큼 고개를 들고 반달을 쳐다보았다. 그러자 방금 그 속삭임 때문이었는지 저만치 밤하늘에 걸린 반

달의 모습은 이제 고향집 벽장 안에 두고 온 그 작은 꽃신 한 쌍
에서 떨어져 나온 외로운 한 짝, 바로 그 짝 잃은 반쪽처럼 보였
다. 그러다 곧 밤하늘 저편에서 나머지 꽃신 한 짝이 불쑥 나타
나더니 이어 스륵스륵 바다 위를 미끄러지는 조각배인 양 서서
히 그 어둠을 가로지르면서 이쪽 한 짝을 향해 다가왔다.

다가오는 꽃신에 수놓인 꽃무늬들이
그 순간 별빛처럼 밤하늘을 터트리면서
점점이 앙증맞게 반짝거렸다.
이윽고 그쪽에서 다가온 한 짝(반쪽)과
이쪽에서 기다리던 한 짝(반쪽)이 서로 만나
다시금 온전한 두 짝이 되는 순간,
그 한 쌍의 꽃신은 홀연 보름달로 변했다.

38. 잔칫날

드디어 두 모녀의 이삿날이 되었다.

그날 이사할 집은 그새 말끔히 단장된 채 새 주인을 기다리고 있었다. 군데군데 궁글고 해진 벽지며 더럽고 축 처진 천장지며 이리저리 갈라지고 봉곳봉곳 들뜬 장판이며 거뭇거뭇 곰팡이 핀 이불이며 구멍이 뽕뽕 뚫린 창호지 할 것 없이 새것으로 몽땅 갈아치웠다.

게다가 너절한 잡동사니를 죄 걷어치우고 방세간이며 부엌살림이며 여타 몇몇 가지 가재기물도 오붓하게 마련해 새로 들여놨다. 낮 동안의 분주했던 시간들이 지나고 이어서 어둑어둑 땅거미가 지면서 밤저녁이 찾아왔다.

반달은 어느덧 나머지 반쪽을 되찾아 자기 본연의 참모습인 보름달이 되었다. 달은 거울처럼 맑게 떠올라 신비하고 조심스럽게 빛나고 있었다. 밤하늘에 두둥실 떠오른 둥근 달 아래서 정식으로 새로운 이웃을 맞이하는 환영 잔치가 열렸다. 그렇게 모여든 부락민들로 인해 죽은 촌장의 집마당은 모처럼 발 디딜 틈도 없이 복작거렸다.

촌장은 먼저 앞으로 나와 간단히 첫인사말을 한 뒤 곧 사람들을 향해 두 사람은 이제부터 명실상부 이 마을의 주민이 되었으며 아울러 오늘부터 이 집은 공식적으로 그들 두 모녀의 집이 되었음을 흔쾌히 선언했다. 이어 마을 노인들이 차례차례 연장자 순으로 돌아가며 모녀의 입촌을 축하하는 인사말을 보탰다. 이윽고 노인들의 인사말이 모두 끝나자 사람들은 곧 일제히 박수를 치며 열렬히 환호성을 질렀다.

그 통에 저 하늘의 보름달도 덩달아 달아올라 거기 모인 사람들의 머리 위로 흔흔히 자기 빛을 내뿌려 그 순간의 상서로운 의미와 아름다운 영원성을 축복했다. 얼마 후 거나하게 술기운이 돌고 기분 좋게 흥이 오르자 사람들은 하나둘 자리에서 일어나 절로 흥얼흥얼 콧노래를 부르며 잇달아 덩실덩실 어깨춤을 추었다.

어떤 이는 바닥에 앉은 채로 나무저로 탁탁 술상을 두드리며 마치 고수가 판소리꾼과 호응하듯 흥겹게 추임새를 넣는가 하면, 어떤 이는 또 타령조로 한바탕 구성지게 노랫가락을 뽑으면서 신명나게 흥을 돋우었다. 누군가는 아리랑을… 누군가는 달타령을… 누군가는 새타령을… 누군가는 육자배기 한 자락을… 또 누군가는 아스라이 젖어드는 목소리로 구슬피 뱃노래를 불렀다.

마침내 촌장이 부스스 자리에서 일어나 큰 소리로 부락민들의 열기를 잠재우고는 곧 오늘의 주인공인 새로운 이웃의 손을 잡고 앞으로 이끌면서 특별히 따로 노래 한 곡조를 청했다. 이에 화답하듯 사람들은 단박에 일심으로 환호하면서 잇달아 그녀의 노래를 재촉했다.

"이어도 사나~ 이어도 사나~~"

이윽고 잔잔하게 울리는 그녀만의 노랫소리가 교교한 달빛 속을 흐르며 밤의 살결 속으로 흩어지기 시작했다. 먼저 간 남편과 두고 온 고향 생각으로 그녀의 목소리는 어느덧 아스라한 꿈인 듯 비감에 젖으면서 추적추적 목이 메어 허공 속을 맴돌았다. 짙은 애수 어린 그녀의 목소리는 단숨에 부락민들의 가슴에 애달픈 민초의 한과 서글픈 시름, 사무치는 설움의 정조를 불러일으켜 주위는 돌연 흥분기 하나 없는 무거운 침정에 잠겼다.

얼마 후 촌장은 착잡하게 가라앉은 장내 분위기도 일신할 겸 부락민들을 이끌고 그곳을 나와 다 같이 마을 앞 물녘으로 자리를 옮겼다. 일부는 장작과 땔나무, 불쏘시개 따위를 한 아름씩 거머안았고 노인 몇몇은 제가끔 취향에 따라 손에 장구와 북, 꽹과리, 징 따위의 풍물 악기를 챙겨 든 채였다. 곧 거기 한옆에 장작더미를 쌓고 촌장은 달집을 태우듯 우럭우럭 화톳불을 피웠다. 그러고는 탑돌이 하듯 그 꽃불의 둘레를 빙글빙글 맴돌면서 온 마을 사람들이 한덩어리가 되어 한바탕 걸판지게 어깻바람을 일으키며 풍물을 치고 놀았다.

소녀의 엄마는 그 순간 눈치 없이 아까 잔치의 열기를 꺼뜨리고 만 자신의 실수를 상쇄하려는 듯 부러 유난히 더 쾌활한 기색을 띠며 부락민들과 더불어 한껏 어우러졌다. 불은 더욱 싱싱한 열기로 밤이슬을 태우며 기세 좋게 활활 달빛 사이로 피어올랐다.

바로 그 번득이는 화광을 둘러싼 한 무리의 형상들과 취한 듯이 흔들리는 거대한 불그림자. 너와 나, 피아의 틀, 존재와 존재의 탈을 벗고 어느덧 혼연히 융화된 무채색 영혼들의 향연. 그 순간 이글이글 타오르는 화톳불처럼 저마다의 가슴은 더 뜨거워지고 공동체적 단결심은 더 달아오르고 서로간의 애정과 신뢰와 일체감은 더 도타워졌다.

그러는 동안 해인과 무성은 몰래 일행을 빠져나와 득달같이 뒷산 중턱 오두막집으로 달려갔다. 이윽고 앞마당에 이르자 둘은 곧장 울타리 가로 다가가서 멀리 물가 쪽으로 시선을 던졌다. 바로 거기 둥글둥글 한데 어우러져 더덩실더덩실 춤추고 노래하며 이제 한창 놀이판이 벌어진 그 정경을 바라다보았다. 달빛 아래 타오르는 화톳불, 너울대는 불그림자, 신바람 나는 풍물 소리, 그리고 마을 사람들이 부르는 간드러진 노랫소리가 어느덧 영원의 선율인 듯 다가와 둘의 꿈속에서 아련히 메아리쳤다.

얼마 후 풍물 소리가 멎고... 곧이어 여인들은 여인들대로 남정들은 남정들대로 서로서로 손과 손을 맞잡고 다 같이 강강술래 노래를 부르면서 둥글게 둥글게 원무를 돌기 시작했다. 그렇게 빙글빙글 돌아가는 한 쌍의 동그라미 사이로 입촌식 날 밤잔

치는 자꾸만 따사로이 무르익어 갔다. 어느덧 달무리도 따라 원
무를 추고 화톳불도 넘실넘실 춤사위를 펼쳤다.

39. 첫눈

　십일월 중순이 되자 하늘에서 푸슬푸슬 싸락눈이 날렸다. 본격적인 한파가 몰아치기 전에 미리미리 김장을 하고 땔나무와 장작을 넉넉히 마련하고 겨우내 먹을 양식을 비축하고 외풍을 막기 위해 틈틈이 문풍지를 바르고 문짝마다 두어 겹씩 비닐을 덧입히는 등 집집마다 착실히 월동준비를 마쳤다. 얼마 뒤 십일월 하순께가 되자 하늘에서 풀풀 깃털 같은 눈발이 날리는가 싶더니 내리 며칠째 밤톨만 한 함박눈이 쏟아져 티 없이 깨끗한 무채색 설경으로 온 세상을 덧칠하고 말았다.

　눈발이 좀 수그러지자 꼬마들은 득달같이 달려 나와 눈사람을 만들고 퍽퍽 눈싸움을 벌이고 멀리 무인등대 언덕에 올라 씽씽 포대 썰매를 타고 가파른 경사면을 미끄러지면서 신나게 하루해를 보냈다.

무성은 해인과 둘이서 뒷산 마루턱에 올라 낡은 비료 포대로 만든 즉석 눈썰매에 올라타고 무슨 눈 비탈을 활강하는 2인조 봅슬레이 선수마냥 저만치 아래 자신의 집 뒷마당으로 아슬아슬하게 미끄러져 내렸다. 해인은 오싹 겁이 나면서도 한편으론 짜르르 전율을 느끼면서 두 팔로 꽉 무성을 끌어안고 그의 등에 폭 얼굴을 묻었다.

난데없는 발동선 소리가 마을 포구를 울린 것은 바로 그즈음의 어느 날이었다. 이른 아침나절이었다. 밤사이 눈발은 그쳤지만 언제 다시 펑펑 함박눈이 쏟아질지 모르는 잠포록한 날씨였다.

이제 막 조반을 들던 사람들은 그 소리에 펄쩍 놀라 서둘러 숟갈을 던지고 득달같이 포구 쪽으로 몰려나왔다. 발동기 소리가 나기 무섭게 제일 먼저 포구로 달려 나온 촌장은 다소 긴장 어린 눈길로 저만치서 다가오는 그 발동선을 바라보았다. 그 모터보트가 곧 속도를 늦추면서 포구 쪽으로 바짝 다가와 서더니 이어서 뚝 엔진이 멎었다.

어쩐지 좀 눈에 익은 경찰대원 하나가 촌장의 눈에 들어왔다. 그 사내는 소총 한 자루를 어깨에 걸머메고 있었다. 그랬다. 바로 먼젓번의 그 사내였다. 확실히 그였다. 그날 모터보트 위에서 자신들을 향해 총구를 겨누었던 그 사내를 촌장은 또렷이 기억하고 있었다.

"촌장, 미리 일러둘 말이 있어서 왔소!"

그렇게 운을 땐 뒤 그는 곧 가는눈을 뜨고 거기 모인 사람들을 죽 훑어보았다. 마치 자신이 노리는 먹잇감을 노려보는 맹수의 그것처럼 자못 날카롭고도 섬뜩한 눈초리였다.

이윽고 그가 다시 촌장을 향해 입을 열었다. "촌장, 그간 바깥 세상에 큰 변란이 일어났소. 다시 말해 정부를 전복하고 체제를 무력화하려는 극악무도한 적색 무리들이 경찰서를 습격하고 민중을 선동하며 관공서를 장악하는 등 실로 어처구니없는 무장봉기를 일으켰단 말이오. 그로인해 제주 지역 전체에 비상계엄이 선포되고 즉각 진압군이 투입되어 군경 합동으로 연일 빨갱이 토벌 작전을 전개하고 있소."

그리 말하고 그는 제풀에 열이 올라 붉으락푸르락하더니 곧 다시 숨을 고르고서 엄한 어조로 말을 이었다. "해서 말인데, 혹여 마을에 낯선 자들이 나타나거든 즉시 그들을 붙잡아 감금하고 이유 불문 최대한 신속하게 우리 경찰대에 신고하시오."

그는 말을 마치고 다시 한 번 싸늘한 눈초리로 마을 사람들을 하나하나 힘주어 살펴보았다. 그런 뒤에 그는 다시 엔진을 켜고 선수를 돌려 빠르게 바다 저편으로 미끄러져 갔다.

두 모녀는 그제야 무슨 일인가 하고 집을 나와 천천히 포구 쪽으로 걸어 나오는 중이었다. 그도 그럴 것이 포구에서 발동기 소리가 날 적마다 마을 사람들이 냉큼 집을 나와 그곳으로 냅다 달려 나온다는 사실을 둘은 아직 모르고 있었기 때문이었다. 그사이 사람들 머리 위로 진눈깨비가 추적거리기 시작했고 촌장은 혼자 따로 생각에 잠겨 있었다.

구질구질 내리는 진눈깨비 탓인지, 아까 그 경찰대원을 다시 만난 탓인지, 아니면 그 사내가 툭 던지고 간 밑도 끝도 없는 그 수수께끼 탓인지, 촌장은 자꾸 기분이 울울해지고 뭔지 모르게 꺼림칙한 예감이 들면서 심사가 영 편치 못했다. 그러다 곧 머리를 털고 마을 사람들을 해산한 뒤 그는 혼자 포구 주변을 걸으면서 다시 곰곰 생각에 잠겼다.

40. 폭설

"촌장님, 마을에 무슨 일이라도 생겼나요?"

그 소리에 문득 생각을 멈추고 촌장은 고개를 돌려 소리 나는 쪽을 바라보았다. 해인의 엄마 제주댁이 아직 돌아가지 않고 거기 남아 있었다. 혼자였다. 해인은 그새 뒷산 중턱 무성이네 집으로 잔달음을 쳐 놀러가고 없었다.

촌장은 곧 반갑게 웃으면서 별일 아니라고 대답했다.

그러면서 앞으로 혹 마을에 낯선 사람이 얼쩡거리지 않는지 다들 각별히 유의해야 한다고 덧붙였다. 그렇게만 말하고 둘은 곧 화제를 돌려 일상적인 대화를 나누면서 터덜터덜 각자의 집으로 되돌아갔다.

동짓달이 되자 거센 설한풍이 몰아치면서 밤낮없이 연일 폭설이 쏟아졌다. 몇 날 며칠이고 무섭게 퍼붓는 눈보라에 그만 마을은 온통 옴짝달싹도 할 수 없는 지경으로 꼼짝없이 눈더미 속에 파묻히고 말았다. 하염없이 두껍게 부풀어 오르는 백색의 초가지붕 아래서 마을 사람들은 도리 없이 방구석에 들어앉아 화롯불에 가래떡을 구워 먹거나 군밤이나 군고구마 따위로 군입질하면서 하루빨리 눈보라가 누그러지기만을 바랐다. 그러면서 하도 수시로 군불을 지피는 통에 방구들이 펄펄 끓다 못해 낡은 장판이 그만 익을 대로 익어 누글누글 녹아내릴 지경이었다.

그러는 사이 동지가 지나고 그렇게 또 새해가 찾아왔지만 성난 눈보라는 여전히 그칠 기미를 보이지 않았다. 촌장은 마을 장정들과 함께 눈삽과 넉가래를 들고 매일같이 고샅고샅 돌아가며 쌓인 눈을 치우고 마을길을 트면서 어떻게든 고립상태에서 벗어나려고 코에 단내가 나도록 바득바득 발버둥을 쳤지만 아무리해도 역부족이었다. 부질없이 애쓰는 인간들의 노력을 비웃기라도 하듯 길은 치우기가 무섭게 도로 또 흔적도 없이 가로막히고 말았다.

촌장은 결국 하늘의 의지와 맞서려던 자신의 어리석음을 자각하고는 그날로 눈삽과 넉가래를 팽개치고 순순히 집구석으로 돌아가 방구석에 콱 틀어박히고 말았다. 바로 그것을 신호로 마을은 이제 기나긴 동면에 돌입한 듯 숫제 숨소리 하나 들리지 않는 아득한 무위에 잠겼다. 흡사 머나먼 절해고도에 홀로 떨어진 듯 무성은 오두막집과 함께 외로이 고립되었고 그런 무성을 생각하며 해인은 날마다 어서 빨이 새봄이 찾아와 눈이 녹기만을 손꼽아 기다렸다.

그런 해인의 마음을 아는지 모르는지
봄은 영영 오지 않을 듯이
눈보라는 더 매섭게 위세를 떨치며
광포하게 휘몰아쳤다.

41. 재회

이월 초순이 되자 드디어 조금씩 눈보라가 수그러들기 시작했다. 그즈음 촌장은 다시금 눈삽과 넉가래를 챙겨 들고 몇몇 장정들과 함께 마을 구석구석을 돌며 열심히 묵은눈을 치웠다. 그제야 기나긴 동면에서 깨어난 듯 사람들은 비로소 기지개를 켜고 모처럼 집집마다 오고 가며 서로서로의 안부를 물었다.

그리고 며칠이 지났다.

이제 눈보라는 완전히 그쳤다. 막혔던 길이 다시 트이자 해인은 지체 없이 무성의 오두막집으로 달음질했다. 마치 수년 만에 극적으로 상봉한 이들처럼 둘은 왈칵 반가움이 일면서 이내 눈시울이 핑 돌며 코끝이 시큰거리고 그러면서 왠지 모르게 가슴이 콩닥콩닥 제멋대로 뛰놀았다. 둘은 또다시 아래위 양쪽 집을 오가며 차곡차곡 둘만의 추억을 쌓으면서 아기자기한 잔재미에 빠져 하루하루 즐거운 날들을 보냈다.

그런 둘과 달리 아직 아무도 찾지 않는 언덕 끝의 무인등대는 홀로 우뚝 눈더미 속에 붙박인 채 덩그러니 외로움에 젖어 마냥 소외감에 몸을 떨었다. 둘은 오늘도 오두막집 앞마당에서 뛰어놀고 있었다. 오후나절 둘은 둥글둥글 눈덩이를 굴려 투박하고도 아담한 눈사람 둘을 만들었다. 그러고서 하나는 해인이, 또 하나는 무성이라고 이름을 지어주었다.

그러다 불쑥 무인등대를 떠올렸다.

둘은 후딱 고개를 돌려 멀리 왼편으로 보이는 무인등대를 바라다보았다. 그제야 둘은 무인등대가 느꼈을 그 서운함을 지각하면서 자책 섞인 미안함과 함께 울컥 안쓰러움이 일었다. 그러면서 그토록 긴 시간 무인등대를 혼자 둔 채 돌아보지 않은 것에 대한 자기반성적 멋쩍음에 그만 어깨가 축 처지도록 의기소침해졌다. 하지만 어쩌랴. 둘이서 아무리 머리를 쥐어짜도 헐수할수없는 형국이었다. 그렇다고 겹겹으로 내려쌓인 두꺼운 눈밭을 뚫고 턱 밑까지 푹푹 빠지는 눈길을 헤치며 그쪽으로 당장 달려갈 수도 없는 노릇이었다. 자꾸자꾸 마음만 더 앞서나갈 뿐 둘은 도무지 무엇 하나도 어찌해 볼 도리가 없었다.

조금 지났다.

그사이 퍼르퍼르 가랑눈이 날리기 시작했다. 바로 그때! 뭔가 좋은 생각이 떠올랐다는 듯 '그렇지!' 하고 소리치면서 소년이 찰싹 손뼉을 쳤다. 소녀가 놀란 듯이 벙히 바라보자 소년은 재깍 소녀에게 달라붙어 또록또록 눈동자를 굴리면서 뭐라 뭐라 진지하게 귓속말을 속삭거렸다. 무슨 얘기를 들었는지 이내 귓맛이 당기는 듯 표정이 환해지면서 소녀의 눈망울도 따라 초롱초롱 빛이 돌았다. 곧 소년이 말을 마치자 둘은 이제 바닥에 쪼그리고 앉아 입을 꾹 닫은 채로 조몰락조몰락 눈을 뭉치기 시작했다.

마치 함부로 소락소락 입을 열면 부정이라도 탄다는 듯이 둘은 고집스레 입을 다물고 차분히 눈을 뭉치는 일에만 열중했다. 그러면서 간혹 둘만의 밀약을 음미하는 듯이 생긋뱅긋대면서 공모의 눈짓을 주고받을 뿐이었다. 한 뭉치, 두 뭉치, 두 아이의 손에서는 자꾸만 새로운 눈뭉치가 생겨났다. 그러면 그럴수록 둘만의 그 비밀과 귓속다짐도 따라 발효되어 팽팽하게 더 부풀어 올랐다.

그리고 얼마가 지났다.

이제 막 움직임을 멈추고 둘은 나란히 서서 그들 앞에 우뚝 선 또 하나의 멋진 조형물, 바로 거기 수직적 단순미를 극대화한 둘만의 그 애정 어린 합작품을 바라보았다. 그사이 두 눈사람 곁에는 새로 한 층 한 층 곡진한 정성으로 쌓아올린 높다란 눈 탑 하나가 불쑥 솟아올랐다. 바로 이 세상에 하나뿐인 걸작, 그것은 다름 아닌 눈뭉치로 된 등대였다. 그렇게 눈뭉치 등대 하나와 눈사람 둘이 되어 마침내 한자리에서 셋은 감격적으로 재회했다.

42. 해안경비대

이월 중순의 어느 날.

그간 잠잠하던 눈보라가 갑자기 또 심통이 났는지 새벽녘부터 다시 기세를 부리며 사납게 마을을 할퀴고 있었다. 바다 저멀리 해양경찰선이 모습을 드러낸 것은 이제 막 정오가 지난 시각이었다. 마침 포구에 나와 부락민들의 목선을 살펴보던 촌장은 그 증기선을 발견하자마자 부리나케 마을로 달려가 사람들을 소집했다.

얼마 후 촌장은 부락민들을 이끌고 서둘러 포구 쪽으로 되돌아왔다. 그사이 증기선은 바다 저만치에 다가와 멈춰 서 있었다. 거기 증기선의 갑판 위에서 분주하게 움직이는 일단의 경찰대원들이 바라보였다. 공기가 심상찮았다. 무슨 일일까. 뭔지 모르게 급박히 돌아가는 그 상황을 지켜보면서 사람들은 일시에 술렁술렁 동요하기 시작했다. 끼룩끼룩 울리는 갈매기 소리가 흡사 까악까악하는 까마귀 울음처럼 느껴졌다.

불길한 징조였다. 아무래도 그들은 뒤숭숭한 마음을 잠재울 수 없었던 것이다. 촌장은 짐짓 신중한 태도를 견지하며 부러 태연함을 드러내고 있었지만 본능적으로 뭔가 험악스러운 분위기를 감지하고는 내심 사악함이 감도는 꺼림칙한 예감을 지울 수 없었다. 그쪽 갑판 위를 떠돌며 갈매기는 더 고약스럽게 울어댔다. 이윽고 본선에서 두 대의 보조선이 내려지고 곧 요란한 발동기 소리와 함께 거친 물보라를 일으키면서 그 모터보트 두 대가 단숨에 포구 쪽으로 내닫기 시작했다.

모터보트 두 대가 막 포구에 닿았다.
보트마다 각각 세 사람씩 타고 있었다.

촌장은 그 예리한 눈썰미로 즉각 두 사람을 알아보았다. 바로 언젠가 죽은 촌장과 함께 포구에서 난파된 목선을 둘러보던 건장한 체구의 그 두 남자였다. 둘은 보트 두 대에 따로따로 올라타고 있었는데 제각각 자신들을 호위하는 부하 대원을 둘씩 거

147

느린 채였다.

다소 꺼칠한 얼굴에 하나같이 비쩍 마른 부하들과 대비되면서 둘의 당당한 풍채가 한층 더 두드러져 보였다. 둘은 전날처럼 허리께에 권총을 찼고 부하 대원 넷은 모두 착검한 소총으로 무장한 채였다.

촌장은 이제 둘에게서 눈을 돌려 그들 부하 대원들의 면면을 눈여겨보았다. 그러자 곧 낯익은 얼굴 하나가 눈에 비쳤다. 대번 불쾌한 느낌이 들면서 촌장은 문뜩 비위가 거슬리고 절로 오싹 소름이 끼쳤다.

바로 그 사내였다.

접때 불쑥 포구로 다가와서 대뜸 주의 사항 하나만 툭 내던지고 갔던 그날 그 섬뜩한 눈초리. 추위 때문이었는지 그는 입술빛이 온통 푸르스름하게 변해 있었다. 그 모습이 묘하게 불안감을 자아내면서 더한층 공포심을 불러일으켰다. 더는 그 얼굴을 바라보기가 거북스러워 촌장은 얼른 고개를 비끼면서 시선을 내리깔았다. 보트 좌현 흘수선 위쪽에 '해안경비대'라고 선명하게 새겨진 검정 글씨가 눈에 들어왔다.

43. 눈밭

해인과 무성은 오늘도 뒷산 중턱 오두막집에서 놀고 있었다. 앞마당엔 그대로 눈사람 둘과 눈뭉치 등대 하나가 나란히 서 있었다. 그날따라 무슨 근심이라도 있는 듯 소년은 부루퉁한 얼굴로 소녀의 얘기는 듣는 둥 마는 둥 하면서 문득문득 고개를 돌려 멀리 언덕 끝에 우뚝 선 무인등대를 바라보았다. 소년은 아무래도 간밤의 꿈이 마음에 걸린 것이다.

아침에 눈을 뜬 뒤에도 이상스레 맘이 언짢고 속이 답답하면서 머릿속이 내내 뒤숭숭한 게 기분이 영 개운치가 않았다. 지난밤 소년은 이런 꿈을 꾸었다. 꿈속에서 한순간 촌장 할아버지의 목소리가 들리는가 싶더니 저쪽에서 별안간 무인등대가 나타나 이쪽으로 곧장 성큼성큼 다가왔다.

곧 무인등대는 눈앞으로 바싹 다가와서 움직임을 멈췄다. 조금 있자 무인등대는 철철 피눈물을 흘리면서 자기 몸을 흠뻑 적시기 시작했고 그대로 곧장 하얀 숫눈 위로 흘러내리면서 주변의 눈밭은 이내 검붉은 핏빛으로 흥건히 젖어들었다.

보트에서 내린 경찰대원들이 마을 사람들을 모두 한쪽 눈밭으로 불러 모았다. 이어 일사불란하게 여러 명씩 앞뒤로 줄을 세웠다. (줄지어 늘어선 부락민들 앞쪽으로 불려나와) 촌장은 혼자 따로 서 있었다.

줄이 정돈되자 경찰대원 넷이 서로 적당한 간격을 두고 벌여서서 마을 사람들을 향해 척 총구를 겨눴다. 사람들은 순간 기절초풍할 듯 철렁 놀라면서 절로 바르르 몸을 떨었다. 잠시 침묵이 흘렀다. 그러다 권총을 찬 남자 하나가 불쑥 입을 열었다.

"이 중에 적색분자가 숨어 있다!"

곧 그가 말을 이었다.

"딱 한 번의 기회를 준다. 자, 거두절미하고 이대로 모두 죽든가. 죽을 자만 따로 죽든가. 즉시 선택하라. 얼마 전, 죽은 적색분자의 처자가 제주도를 탈출해 이 지역 해안으로 몰래 숨어들었다는 첩보가 접수됐다. 해서, 본 해양경비대에 이 지역 촌읍

해안가 마을을 이 잡듯이 샅샅이 수색하여 그들을 보는 즉시 그 자리서 즉결 처분하라는 상부의 지엄한 명령이 하달되었다." 그는 계속 말을 이었다. "또한 이러한 상부의 조치에 대해 조금이라도 불응하거나 무성의하게 비협조하는 자들은 똑같이 모두 적색분자로 분리하여 임의대로 즉각 처결한 뒤 사후에 보고해도 무방하다는 별도의 특명이 떨어졌다."

그는 잠시 말을 멈추고 의미심장한 눈빛으로 자기 앞에 도열한 촌민들을 죽 훑어보았다. 경찰대원 넷은 언제 갑자기 촌민들이 동요할지 몰라 잔뜩 상기된 표정으로 가시눈을 뜨고 방아쇠에 건 손가락에 온 신경을 그러모았다. 여차하면 방아쇠를 당기거나 가차 없이 총검을 휘두를 기세였다.

그 남자는 곧 이렇게 말을 이었다.

"자, 다시 한 번 경고한다. 기회는 한 번뿐이다. 자비는 없다. 자, 그럼 묻겠다. 즉시 대답하라. 이것이 처음이자 마지막 질문이다. 현재 이 중에 타지에서 들어온 자, 외부에서 기어든 자, 다시 말해 외지인, 즉 대대로 이 마을에 사는 본토인이 아닌 낯선 자가 섞여 있는가? 섞여 있지 않은가?"

44. 적색

촌장은 내심 그들이 찾는 사람이 누구인지 눈치 채고 있었다. 그들은 다름 아닌 제주 모녀를 찾고 있었던 것이다. 촌장으로선 그들 모녀가 적색분자인지 어쩐지는 알 도리가 없었지만 어쨌거나 제주도가 고향인 두 모녀가 지금 절체절명의 위기에 직면한 것만은 틀림없었다.

마을 사람들은 모두 창백한 얼굴로 극도의 공포심에 휩싸여 전율하면서도 방금 그 물음에 대해서는 전혀 아무것도 모른다는 듯 누구 하나 선뜻 입을 열지 않았다. 그 순간 부락민들이 제주 모녀를 의식했는지 어떤지는 모를 일이었다. 허나 그들이 설사 두 모녀를 의식했더라도 이미 그 두 사람을 한마을 사람으로 받아들인 이상 새삼 기억을 돌이켜 그 둘을 도로 외지인으로 인식했을 확률은 거의 없었다.

촌장 또한 그런 부락민들의 심리를 모르지 않았다. 일테면 진보하고 문명화된 도회인들과 달리 그들 부락민들의 숫되고 단선적인 두뇌만으론 그런 복잡스러운 정보를 처리하기에 심히 역부족이었던 것이다.

그런 상태로 몇 분인가가 지났다. 마침내 그 남자가 알 수 없는 비웃음을 머금더니 곧 권총집에서 권총을 꺼내들고는 대뜸 촌장의 머리를 겨눴다.

"셋을 센 뒤 격발한다."
"하나! 둘! 세......"

"나예요!"
"내가 외지인이에요!"

제주댁이 순간 뒷줄 어딘가에서 외치고는 자진해서 곧 줄을 이탈해 앞쪽으로 걸어 나왔다. 그녀가 이윽고 권총을 든 그 남자의 정면으로 다가와 발을 멈추자 그는 대번 촌장을 겨눴던 총구를 돌려 일말의 주저도 없이(그 어떤 심문이나 변명, 반론의 기회조차 주지 않고) 방아쇠를 당겨 눈앞의 그 적색분자를 즉결 처형했다.

그런 그의 표정은 뭐랄까. 이는 완벽한 감정 초월의 경지, 모든 인간적 고뇌에서 유리된 초인적 무신경의 전범, 그야말로 눈썹 하나 흔들리지 않는 극단적인 냉혹함 그 자체였다. 그런 다음 즉시 총구를 되돌려 도로 촌장을 겨누고서 그는 막 방아쇠를 당기려다 문득 손가락을 멈추고는 몇 초간 생각에 잠겼다가 돌연 부하들을 돌아보며 이렇게 지시했다.

"모두 끌고 언덕 끝 무인등대로 이동한다!"

45. 회색

언덕 끝 무인등대 쪽으로 이동하기 전, 그 남자가 부하들에게 시체 처리부터 먼저 하도록 지시했다. 부하 경찰대원 넷은 즉각 소총을 엇메고는 죽어 널브러진 제주댁의 사지를 번쩍 들어 올려 곧장 포구 한옆으로 걸어가서 거기 바닷물 속으로 철퍼덕 던져버렸다. 그렇게 간단히 어복에 장사 지낸 뒤 그들은 갑자기 상스러운 욕질을 해대면서 난폭하게 마구 부락민들을 몰아치며 서둘러 행렬을 지어 일제히 언덕 끝 무인등대 쪽으로 이동하기 시작했다.

혹시 모를 동요 사태를 미리 차단하려는 의도였는지 아까 그 남자가 권총을 머리 위로 치켜들고 허공을 향해 탕탕 공포 두 발을 쏘았다. 짧고 강렬한 여운을 남기면서 그 소리는 이내 눈보라 속으로 사그라졌다.

그 남자는 내심 달콤한 만족감을 느끼면서 손에 든 권총을 도로 권총집에 찔러 넣었다. 거친 눈보라를 뚫고 허벅지를 넘어 허구리까지 푹푹 빠지는 눈밭을 헤치면서 거의 기다시피하며 겨우겨우 언덕을 올라 거기 끝자락에 서 있는 무인등대를 향해 그들은 계속 나아갔다. 저만치 보이는 무인등대는 마치 어떤 거대한 괴수의 회백색 외뿔인 양 그쪽 언덕 끝에 불쑥 솟아 있었다.

그러니까 뭐랄까.

언뜻 비치는 그 모습은 단지 하나의 평범한 무인등대가 아니었다. 그것은 대번 신기롭고 경이로운 감각의 동화적 상상력을 자극했다. 일테면 이런 느낌이었다. 거기 세찬 눈보라 사이로 하얀 눈송이로 빚은 전설의 유니콘 한 마리가 잔뜩 도사리고 앉은 듯한 형상이었다. 얼마 후 행렬이 무인등대에 다다르자 그 남자가 다시금 입을 열었다.

"너희들은 모두 회색분자다!"

그가 말을 이었다. "회색분자는 곧 적색분자와 마찬가지다. 다시 말해, 너희들은 모두 정부와 국가체제 그리고 존경하는 국가원수에 대한 확고한 경의와 신념이 없는 혼탁한 영혼, 오염된

개인, 썩어빠진 정신, 고약한 병균, 치명적 독소, 역겨운 오물, 더럽고 악취 나는 패륜적 불순분자들인 것이다.”

곧 그가 또 말을 이었다.

“고로 너희들은 모두 집단적 제거 대상, 즉 최우선적 즉결 처분의 대상으로 간주되며 오직 죽음으로만 국가와 민족에 대한 반역 행위를 참회하고 속죄함으로써 용서받을 수 있는 것이다.”

방금 말을 마치고 그가 부하 대원들에게 지시하자 그 자리서 곧바로 즉결 처형이 개시되었다. 한데, 이제 막 처형 작업이 시작되려는 찰나 촌장이 대뜸 등대로 걸어가 맨 먼저 등을 기대고 섰다.

촌장은 잠시 눈맞춤을 하듯 하나하나 찬찬히 부락민들을 바라다보았다. 그런 다음 어떤 결심을 굳히고는 좀 전 부하들에게 즉결 처형을 지시한 그 상관을 향해 이렇게 입을 열었다.

“마을과 부락민들을 대표해 촌장인 내가 모든 책임을 지겠소! 부락민들은 아무 잘못이 없소! 모든 건 촌장인 내 책임이오! 허니 누군가 필히 죽어야 한다면 그것은 나 한사람이면 족하오!”

그 남자는 대번 허를 찔린 듯 얼떨떨한 표정을 지었다. 그런 촌장의 결기에 그만 주눅이라도 든 걸까. 뭐랄까. 언뜻 보아 기가 차서 말문이 막혀버린 형국이었다. 그저 단순히 놀랐다기보다는 어떤 개인적 가치관의 충격을 받은 듯한 기색이었다. 분명 그 누구도 예상치 못한 기묘한 상황이었다. 잠시 그러고 있다가 그 남자는 자연 본연의 자세를 되찾고는 이어 실실 비소를 흘리면서 이렇게 느물거렸다.

"아하, 그러니까 뭐야."
"내 앞에서 지금 성자 흉내를 내시겠다?"

촌장은 물끄러미 그의 눈을 응시할 뿐 아무 반응이 없었다. 그는 설핏 생각에 잠기더니 이윽고 부하들을 돌아보며 슬쩍 턱짓을 했다. 부하들이 즉시 달려들어 등대에서 촌장을 떼어내고는 마구 욕설을 해대면서 소총의 개머리판으로 연신 폭력을 가했다. 이내 안면부가 찢기면서 사방으로 핏방울이 튀었다. 그런 다음 촌장이 푹석 쓰러지기 무섭게 한쪽 눈밭으로 질질 끌어다가 그대로 냅다 팽개쳐버렸다. 그리하여 불시에 닥친 우발적 사건으로 일시 지체됐던 즉결 처형 작업이 재개되었다.

이런 식이었다.

다짜고짜 무작위로 한 사람씩 끌어내 무인등대에 등을 대고 서게 한 뒤 경찰대원 넷은 2인 1조로 차례차례 돌아가며 서슴없이 착착 절도 있게 회색분자들을 처단해 나갔다. 즉 경찰대원 하나가 먼저 목표물의 심장에 총격을 가한 뒤 그 물체가 바닥에 쓰러짐과 동시에 다른 대원 하나가 즉시 달려들어 총검으로 목을 푹 찔렀다.

무심한 듯 허공을 울리는 야만의 총성. 무력하게 내뱉는 외마디소리. 속절없이 팩팩 쓰러지는 무기력한 몸뚱이들. 실로 황당무계한 억지 논리를 앞세운 냉엄한 처단자와 속수무책 참혹히 처단당하는 자. 국가에 대한 맹목적 충성과 특진을 향한 맹렬한 기대로 가차 없이 살육을 자행하는 무자비한 가해자들. 아무 이유도 모른 채 악랄한 공권력에 짓밟히며 무참히 죽어가는 무고한 피해자들. 눈보라는 갈수록 사나워지고 무인등대는 처절히 피눈물을 쏟뜨렸으며 백색의 눈밭은 어느새 적색의 인혈로 낭자하게 물들어갔다.

그렇게 한참이 지났다.

마침내 상관의 지시가 떨어지자 부하 대원들은 즉시 총구를 거두고 다시금 2인 1조가 돼 거기 새까맣게 널브러진 주검들을 한 구 한 구 수습해 잇달아 벼랑 쪽으로 들어 옮겼다. 그런 다음 부하 넷은 끼리끼리 연신 시시덕거리며 무슨 짐짝을 부리듯 거기 쌓인 시체들을 모두 저만치 아래 시퍼런 그 파도 속으로 미련 없이 척척 내동댕이쳐버렸다.

46. 누이

　죽은 자들을 남김없이 벼랑 밑으로 던져버리고 나자 거기에
는 이제 여섯 명의 경찰과 촌장을 포함한 여남은 명의 촌민들만
남아 있었다. 그러니까 살아남은 인원은 대략 전체 부락민의 5
분의 1가량 되는 숫자였다.

　(그중 둘은 임신부였고 다른 둘은 젖먹이를 등에 업은 채였으
며 또한 거기에는 아무것도 모르는 코흘리개 꼬마들도 셋이나
섞여 있었다. 하지만 그들 생존자들은 순전히 처형 순서가 뒤로
밀리는 바람에 겨우 목숨을 부지한 것이었다. 즉 그들이 죽지
않은 것은 단지 우연일 뿐, 실상 처단자들의 어떤 자비심이나 선
의, 동정심, 도의심, 혹은 맹목적 폭력과 습관적 악덕으로부터의
본능적 반성과 거부감에 기인한 심경의 변화 때문이 아니었던
것이다......)

어쨌거나 경찰들은 왜 모조리 처단하지 않고 그들 여남은 명의 불순분자들을 살려두었을까. 그 이유는 이랬다. 아까 부하 경찰들이 한창 회색분자들을 처형하고 있을 때 그 상관이 갑자기 부하들의 동작을 멈추게 한 뒤 대뜸 촌장을 끌어다가 도로 등대에 세우라고 명령했다.

그러니까 촌장이 처음 자진해서 등대에 가 섰을 때와 달리 이번에는 강제로 다시 등대에 세우라는 명령이었다. 이는 일종의 전략적 조치로써 다소 상징적 의미를 지닌 촌장만큼은 다른 누구의 손도 아닌 자기 자신의 손으로 직접 처단하려는 의도였다.

잠시 후 한쪽 눈밭에서 일으켜진 촌장이 끌려와 거기 등대에 등을 대고 서자 그 남자가 지체 없이 권총을 꺼내 들고 그쪽으로 총구를 겨누었다. 아까 개머리판에 얻어맞아 촌장의 안면은 퉁퉁 붓고 째지고 흉하게 일그러진 채였다. 그럼에도 그의 두 눈초리만큼은 이상스레 열기를 내뿜으며 그 남자의 폐부를 꿰뚫을 듯 예리하게 번뜩거렸다.

촌장은 이미 모든 것을 체념한 터라 죽음에 대한 공포와 두려움은 거의 일지 않았다. 외려 그는 자신을 겨눈 권총의 총구를 조롱하듯 입가에 엷은 웃음을 띠고 실눈을 뜬 채 마지막 회상에 잠겼다. 그의 영혼은 순간 먼 곳을 향한 비상을 준비하며 한껏 가벼워진 무게로 사르르 날개를 폈다. 그 순간 임박한 죽음 앞에서 그는 무엇을 떠올렸을까. 그는 바로 자신의 오래된 기억 속의 누이를 떠올렸다.

지난날 전쟁터로 끌려간 뒤 아직껏 소식 하나 없이 생사 불명인 상태로 돌아오지 못한 어릴 적 그 모습 그대로의 맑고 어여쁜 누이였다. 그토록 긴 세월이 흘렀건만 누이는 여전히 아련한 그리움의 빛깔로, 여리고 애처로운 그날 그대로의 모습으로 그의 눈동자 깊숙이 아로새겨져 있었다. 그런 누이에 대한 기억과 동시에 그의 마음속에서 절로 이런 탄식이 울려나왔다. '...그날 누이를 끌고 갔던 그때의 순사들과 지금 눈앞에서 동족의 심장에 총구를 겨눈 오늘의 경찰이 과연 무엇이 다를까!' 그러다 불현듯 어린 누이가 그리도 갖고 싶어 하던 그날의 꽃신 한 쌍이 떠올랐다.

(......누이가 일경의 계략에 속아 전쟁터로 끌려가기 전 어느 날이었다. 그는 누이와 함께 엄마를 따라 난생처음 읍내 장터에 구경을 갔다. 장날이면 으레 좁은 장바닥은 온통 장 구경을 나온 인파로 북적거렸다. 장마당을 가득 메운 장꾼들의 들레는 소리

에 둘은 그만 혼이 쏙 빠져 달아날 지경이었다.

그날 누이는 한 노인의 좌판에 얹힌 꽃신 한 쌍을 보는 순간 왈칵 눈이 멀었고 그 자리서 대뜸 그것을 사달라며 막무가내로 끈덕지게 엄마를 졸랐다. 다음 장에 데리고 와 꼭 사주겠노라고 살살 등을 따독이며 엄마가 좋은 말로 달래도 보았지만 왜 그런지 누이는 오늘 아니면 안 된다면서 더욱더 죽기 살기로 애절하게 매달리는 것이었다.

그러다 결국 된통 퉁바리만 맞고 그 꽃신을 갖지 못하자 누이는 돌연 애성이 나서 입을 비죽비죽하다가 그예 설움에 복받쳐 펑펑 울음을 터뜨리고 말았다. 그리고 며칠 후. 누이는 그만 돌아오지 못할 야만의 땅, 머나먼 그곳, 죽음의 전선으로 끌려가고 말았다.

그날은 바로
엄마가 꽃신을 사주기로 약속했던
다음 장날, 아침녘이었다.

누이가 전장으로 끌려간 뒤 어느 날, 엄마는 홀로 읍내 장터에 나가 그날 그 노인의 좌판에서 그때 그 작은 꽃신 한 쌍을 사가지고 집으로 되돌아왔다. 그날 엄마는 누이가 돌아오면 입힐 거라면서 물색 고운 색동 치마저고리 한 벌도 새로 장만했다.

엄마는 그렇게 그 작은 꽃신과 색동옷 한 벌을 사서 누이 방에 고이 간직해두고 날이면 날마다 어린 누이가 돌아오기만을 애타게 기다렸다. 하지만 아무리 기다려도 누이는 돌아오지 않았다.

그러던 어느 날 밤. 끝내 용해되지 못한 멍울을 안고... 돌아오지 않는 누이를 그리면서... 엄마는 그 꽃신을 품에 안고 서글피 눈을 감고 말았다. 그러자 아버지는 죽은 엄마의 관 속에 누이의 꽃신과 짓옷 그대로의 색동옷 한 벌도 같이 넣어 떠나보내려 했다.

하지만 누이의 꽃신만은 제발 자신에게 남겨달라며 한사코 울면서 매달리는 남동생이 가여웠는지 아버지는 결국 마음을 돌려 그 꽃신 두 짝을 도로 관 속에서 꺼내 울먹이는 아들의 손에 건네주었다......)

47. 훈장

"이봐, 잠깐만!"

그 소리에 움찔하며 그 남자가 막 격발하려던 손가락을 멈췄다. 방금 그 남자의 격발을 저지한 그 음성은 바로 똑같이 권총을 찬 또 한 명의 상관이었다. 그러니까 아까 마을에 도착한 뒤로 지금껏 내내 침묵하다가 그는 막 처음으로 입을 뗀 것이었다.

촌장에게 권총을 겨눈 동료 상관 곁으로 다가서며 그가 다시 입을 열었다. "아니, 이봐! 마을에 등대를 지킬 몇 사람 정도는 남겨둬야 하지 않겠나?" 그러자 상대방이 곧 이렇게 응수했다.

"하! 난 또 뭐라고. 등대는 무슨. 이깟 등대가 대수야. 마을이고 등대고 뭐고 이참에 싹 다 쓸어버리면 그만이지. 이봐, 이 마을은 곧 사람 하나 안 사는 폐촌이 될 텐데, 이 따위 등대가 무에 필요가 있어?"

그러자 이쪽에서 곧 이렇게 받아쳤다.

"아따, 참말로!"
"거, 말깨나 많네그려!"

그가 곧 말을 이었다.

"거참, 엔간히 하자니까 그러네. 말귀를 통 못 알아먹는구만.
이봐, 내 기억으론 말이지. 탈주한 빨갱이를 수색하고 이에 협조
한 회색분자를 색출해서 잡아죽이라고 들었지, 무턱대고 생민을
주륙하고 전촌을 아예 초토화시키라는 지시는 없었던 것 같은
데, 이 정도면 충분하지 않아? 사람이 무슨 개돼지도 아니고. 덮
어놓고 열 닷냥 금이라더니, 도륙질도 어지간히 해야지. 우리가
무슨 개백정이야? 우리가 무슨 일제 시대 순사야? 그래도 명색
이 민주국의 공복, 새로운 시대의 선진 경찰이 아니냔 말야. 여
하튼 훈장이고 특진이고 나발이고 이만하면 원 없이 거머쥘 수
있을 테니까, 설 미친 망나니 놀음은 이쯤에서 적당히 마무리하
자고. 얼빠진 공명심에 눈멀어 애먼 사람 그만 잡고 후딱 철수하
잔 말야. 젠장, 날도 지랄 같은데, 이게 웬 날궂이냔 말야."

48. 등대지기

부하 대원들은 대번 두 패로 갈렸다.

뭔가 예사롭지 않은 분위기였다.

부하들은 즉시 자신들의 직속상관 곁으로 바짝 달라붙었다. 그리고서 단단히 소총을 움켜쥔 채 사뭇 경직된 얼굴로(그러나 머릿속은 민활히 회전하면서) 상대편을 매섭게 쏘아보았다. 아직 서로를 향해 대놓고 총구를 겨누지는 않았지만 자칫 한순간에 돌이킬 수 없는 상황으로 급변할 수 있는 일촉즉발의 긴박한 순간이었다. 바로 그때! 권총을 든 남자가 돌연 너털웃음을 터트렸다.

그는 한차례 호탕하게 웃고 나서(그러나 슬쩍 맞갖잖은 투로) 이렇게 입을 열었다. "자넨, 그게 문제야. 사람이 너무 물러 터졌어. 그렇게 물색없이 인정이 헤퍼 어따 쓰겠나? 자넨, 경관보다는 차라리 군밤장수나 우편집배원이 더 어울리겠어. 비록 영걸은 아닐망정 적어도 쫄보가 되진 말아야지."

그 말에 상대방은 어이가 없다는 듯 그저 피식 웃고 말았다. "뭐, 좋아! 좋다고! 그럼, 그렇게 하자고!" 그 남자가 또 말을 이었다. "이만하면 얼추 피 맛도 실컷 봤으니까, 이쯤에서 그만 임무를 매조지고 철수하자고! 뭐, 오늘만 날이 아니니까 말야. 그래, 기회는 또 얼마든지 있으니까 말야. 허니 내일을 기약하면서 자네 말대로 저들은 마을의 등대지기로 남겨두자고. 안 그럼, 이 무인등대가 꽤나 서운해 할 테니까 말야......"

그 남자가 말을 마치고 부하들에게 철수를 명령함과 동시에 신속한 시체 처리를 지시했다. 부하 넷은 즉시 짝을 이뤄 눈밭의 시체들을 서둘러 벼랑 쪽으로 들어 옮기기 시작했다.

한동안 침묵이 흘렀다. 부하 넷은 이제 들어 옮긴 시체들을 한 구 한 구 벼랑 아래로 투척하기 시작했다. 그 남자는 잠자코 부하들의 행동을 지켜보았다. 다소 방심한 듯 무신경한 표정이었다. 그러면서도 어딘가 요악스러움이 번득이는 미묘한 눈초리였다. 그러다 무슨 생각이 났는지 갑자기 촌장을 돌아보며 이렇게 물었다.

"헌데 촌장, 그 딸내미는 어디로 갔지?"

그가 곧 말을 이었다. "첩보에는(좀더 엄밀히 말하면, 그 마을 어촌계장의 진술에 의하면) 분명 죽은 적색분자의 처자가, 정확히는 그자의 처와 어린 딸아이였지, 한밤중에 몰래 고깃배를 타고 도주한 걸로 돼 있었는데 말야."

그 소리에 그만 촌장은 등골이 오싹하며 미친 듯이 심장이 두근거렸다. 순간 덜컥 허를 찔린 심정이었다. 이내 걷잡을 수 없이 속이 떨려왔다. 아까 자신의 심장에 그의 총구가 겨눠진 순간에도 이렇듯 두려움에 짓눌리진 않았다.

촌장은 대뜸 해인의 눈망울을 떠올리고는 순간적으로 강렬한 보호본능을 일으켜 가까스로 자신의 공포심을 내리눌렀다. 그제야 얼마쯤 평정심이 되살아났다. 그러면서 마치 상대방이 지금 무슨 말을 하는 건지 모르겠다는 듯 짐짓 천연덕스러운 태도로 눈만 연신 껌벅껌벅했다.

"자, 자! 어지간히 하고 철수하자고!"

"거, 보니까! 촌장도 통 모르는 눈치구만!"

또 하나의 상관이 뚜벅 내뱉었다.

"거, 도망치다 파도에 휩쓸렸거나, 아니면 거추장스러워서 지 애미가 바다에 확 버려버렸는지도 모르지, 뭐." 그가 곧 불퉁스레 말을 이었다. "여하튼 됐으니까. 여자애는 그냥 죽은 걸로 치자고. 오늘 지 애미랑 같이 즉결 처형한 걸로 적당히 보고하면 그만이지, 뭐. 어린애라고 살려두란 말은 따로 없었으니까 말야. 그리고 말이 났으니까 말이지. 설령 여자애가 살아 있다 한들 그 아이가 뭘 어찌하겠나? 막말로 그 아이가 적색이 뭔지 회색이 뭔지, 용공이 뭔지 반공이 뭔지, 이념 투쟁이 뭔지 체제 갈등이 뭔지, 알게 뭐냐고. 자, 자. 각설하고. 예서 그만 상황종료하고 본부로 귀대하자고……"

동료의 그 말에 상대방은 뭔가 미심스럽다는 듯이 촌장을 쏘아보며 내심 고민하는 기색을 보이더니 이윽고 살아남은 촌민들과 부하 대원들(마침 일 처리를 막 끝낸 상태였다)을 통솔하여 다시금 포구 쪽으로 발을 돌렸다.

떠나가는 이들의 등 너머로 무인등대는 점점 멀어져 갔고 눈보라는 더 을씨년스럽게 울부짖으며 피로 물든 눈밭 위를 떠돌았다.

그러는 동안 오두막집 앞마당에서 놀던 두 아이는 멀리 언덕 끝에서 울리는 총소리에 놀라 더럭 겁을 먹고는 허겁지겁 방 안으로 뛰어 들어가 이불 속에 꼭꼭 몸을 숨겼다. 그렇게 서로를 꽉 부둥켜안은 채로 두 아이는 오들오들 몸을 떨었다.

3부

세 켤레의 꽃신은
등대섬의 전설이 된다.

49. 회상

무성은 막 언덕 끝에 올라 무인등대 곁으로 다가갔다. 그는 이제 마흔을 훌쩍 넘긴 중년 남자로 변해 있었다. 이윽고 그는 무인등대를 쳐다보며 잠시 생각에 잠겼다. 오래전 그날. 무성과 해인은 촌장이 오두막집으로 찾아와 자신들을 부를 때까지 서로를 꼭 부둥켜안은 채로 이불 속에서 내내 꼼짝도 하지 않았다. 그날부터 해인은 부모 잃은 아이들과 함께 촌장 집에서 살기 시작했고 무성은 전처럼 부모님이 남기고 간 자신의 오두막집을 홀로 지켰다. 촌장은 비록 그날의 흉탄에 아내를 잃었지만 그 뒤로 꿋꿋이 아이들을 보살피며 우직하게 홀로 마을을 지켜나갔다.

어느덧 세월이 흘러 해인과 무성은 스무 살 안팎의 건강한 젊은이로 성장했다. 그러던 어느 날, 둘은 촌장의 주선으로 백년가

약을 맺고 마침내 싱그러운 한 쌍의 부부로 재탄생했다. 이듬해 부부에게서 오랜 사랑의 결실인 귀여운 딸아이가 태어났다. 그리고 그 딸아이가 막 첫돌이 지났을 때 촌장은 젊은 무성에게 촌장 자리를 물려주고 얼마 뒤에 평온히 눈을 감았다.

죽기 얼마 전 촌장은 조용히 무성을 불러 자기가 죽거든 자기와 함께 관에 넣어 묻어달라며 작은 꽃신 두 짝을 그에게 내밀었다.

한 열두서너 살 안팎의 소녀가 신었을 법한 낡고 빛바랜 신발이었다. 그렇지만 세월의 흔적인 퇴색함을 빼놓고는 보관자가 무척이나 공들여 간수했음을 짐작하리만큼 흡사 새것 그대로 손도 대지 않은 양 안팎으로 어디 한 곳 작은 흠집조차 보이지 않았다.

그 사연이 자못 궁금했지만 무성은 절로 자신의 아내와 꽃신에 대한 그 기억을 되새기고는 공연히 내력을 물어 상대방의 아픈 과거(말 못 할 은우)만 더 일깨우게 될지도 모른다는 판단에 그저 그러겠다고만 답한 뒤 애써 꾹 입을 다물었다. 무성은 그렇게 새로운 촌장이 되었고 동시에 무인등대를 관리하는 데 필요한 열쇠들을 보관하는 작은 나무상자도 따로 물려받았다.

50. 수연

잠시 회상에 잠겼던 촌장은 왠지 모를 그리움과 착잡함을 느끼면서 절로 얼굴에 쓴웃음이 번졌다. 그는 이윽고 가지고 온 열쇠로 등대 출입문을 열고 그 안으로 들어갔다. 거기서 그는 등명기를 비롯한 몇몇 설비와 기계들을 점검하고 한참 뒤에 다시 등대 밖으로 나왔다.

"아빠!"

그 소리에 깜짝 놀라 돌아보니 언제 올라왔는지 딸아이 수연이가 그의 눈앞에 서 있었다. "언제 올라왔니? 엄마 물질 가는데 따라간 줄 알았는데." 그러자 수연이 해맑게 웃으면서 대답했다. "엄마 혼자 가신다고 전 따라오지 말래요. 엄만 왜 나만 미워

하는지 몰라. 다른 엄마들은 물질을 못 가르쳐 야단인데, 엄마만
유독 왜 그러시는지 모르겠어요. 엄만 제가 물질을 배우면 무슨
큰일이라도 나는 줄 아신다니까요."

수연이 또 그렇게 볼멘소리를 했다.

"아빠가 엄마한테 얘기 좀 해주세요."
돌연 뾰로통한 얼굴로 수연이 덧붙였다.

무성은 살짝 웃음을 지을 뿐 뭐라 대꾸하지 않았다. 무성은 아
내의 마음을 너무나 잘 알고 있었다. 신혼 초 해인은 늘 이렇게
말하곤 했던 것이다. "난 절대 내 아이한테 물질을 가르치지 않
을 거예요. 내 아인 반드시 대처에 나가 번듯하게 공부를 배우게
할 거예요. 물질은 나 혼자도 충분해요. 두고 보세요. 누가 뭐래
도 내 아이만큼은 모진 해녀의 운명에서 벗어나게 해주고 말 테
니까요......" 그럴 때면 무성은 그저 동조의 미소를 지어보일 뿐
아무런 말이 없었다. 그 후 둘 사이에 딸아이가 태어나자 아내는
처음부터 자신의 고집대로 차근차근 마음속의 계획을 실행해 나
갔다.

51. 해녀와 딸

아내는 딸애를 낳고 나서 불과 며칠 만에 자리를 털고 일어나 다시 물질을 나갔다. 무성이 한껏 말려도 보았지만 아내의 의지는 난공불락이었고 그 고집 또한 요지부동이었다. 딸애 하나만은 남부럽지 않게 교육시키겠다는 열망으로 아내는 단 하루도, 단 한시도 일손을 놓지 않았다.

아침녘에 부지런히 물질을 나갔다가 점심때쯤 되돌아와 밥 한 사발 뚝딱 비워 때리고는 이내 젖먹이가 잠든 애기구덕을 걸머지고 집을 나서 덕장으로 논밭으로 어디로 쉴 새 없이 옮겨가며 허리 한 번 펼 새도 없이 오후 내내 꿍꿍 바깥일을 하곤 했다.

오전 나절 아내가 물질을 간 뒤 혼자 남아 아기를 보던 무성은 이따금 아기를 안은 채로 정신없이 집을 나와 아내한테 달려가곤 했다. 아무리 어르고 달래고 열심히 가동질을 시켜 봐도 배가 고파 보채는 아기를 도저히 어찌해 볼 도리가 없었던 것이다.

그럴 때면 아내는 잠수질을 하다 말고 거친 숨비소리와 함께 물가로 걸어 나와 곧 한쪽 불턱(해녀들이 쉬는 곳)에 가 칭얼대는 아기를 품에 안고 젖을 물렸다. 엄마가 젖을 물리자마자 아기는 뚝 울음을 그쳤다. 이윽고 아기가 웬만큼 젖을 빨았나 싶자 아내는 가만가만 둥개질을 하며 아기가 잠들기를 기다린 뒤 잠시 후 새근새근 잠든 아기를 도로 남편의 팔에 안겨 주고는 이내 또 풍덩 물속으로 뛰어들었다.

밤이 되면 또 아내는 등불을 들고 해루질을 가거나 아니면 초저녁부터 오밤중까지 내내 악착같이 졸음과 씨름하며 밀린 집안일을 붙들었다. 밤늦도록 일감을 놓지 못하고 바느질이나 뜨개질 같은 허드렛일을 붙잡았다가 무시로 꾸벅꾸벅 고갯방아를 찧는가 하면, 어느 순간 푹 처박히듯 쓰러져 그대로 콜콜 등걸잠이 드는 것도 예사였다.

그 뒤로 몇 년쯤이 지나자 수연은 이제 바느질하는 엄마 곁에 앉아 혼자 실뜨기하며 놀다 어느새 다르랑다르랑 잠이 들곤 했다. 그리하여 또 세월은 흐르고 수연은 마침내 작년 봄에 전남의 한 대학에 무난히 입학했다.

엄마가 그토록 고대하던 바대로 수연은 어엿한 대학생이 된 것이다. 그런 딸애는 '해녀 엄마의 커다란 자랑이자 또한 마을의 뿌듯한 자부심'이기도 했다. 해인은 새삼 딸애의 초등학교 입학식 날 풍경을 회상하며 한량없는 감개와 기쁨에 젖었다.

지난날 이름표와 손수건(콧수건)을 옷핀으로 꽂아 앞가슴에 달고 손에 신주머니를 든 딸애의 모습이 너무도 생생하게 눈앞으로 되살아왔다. 어쩌다 딸애가 학교에서 상장이라도 받아 올라치면 해인은 너무도 기쁜 나머지 깜빡 자지러들 듯이 전율하다가 그대로 헝겁지겁 마을로 달려 내려가 다짜고짜 사람들을 붙들고 당장 숨이 넘어갈 듯이 딸 자랑을 하곤 했다.

그런 다음 해인은 예쁘게 마구리한 원통형 상장통에 그것을 살살 말아 넣어 담아두고 거의 신줏단지 모시듯 애지중지하면서 몰래몰래 무시로 꺼내 보며 혼자 흐뭇해했다.

수연은 초등학교 선생님이 되겠다며 스스로 교대를 선택했고 이담에 기회가 오면 지난날 자신이 다녔던 인근 섬마을 분교에 발령받아 그곳 아이들과 함께 정식 교사로서의 첫발을 떼고 싶다는 자기만의 은근한 소망을 품고 있었다. 아내는 딸애의 입학

기념으로 그간 구메구메 손수 삼아 온 예쁜 꽃신 한 켤레를 선물로 건넸다. 이로써 긴 세월 가슴 한구석에 담아둔 지난날의 슬픈 기억을 털고 비로소 아내는 홀가분한 마음으로 꽃신에 대한 새로운 꿈과 희망을 노래할 수 있게 되었다.

엄마가 곱게곱게 바느질한 그 꽃신을 건네받고는 때깔이 너무 고와 지금 당장은 차마 아까워서 신을 수가 없다면서 수연은 그 선물을 자기 방에 고스란히 간직했다가 세상에서 가장 행복한 날에 처음으로 꺼내 신어 볼 거라며 까르륵하고 해맑게 웃었다.

그런 딸애를 보노라니 해인은 절로 행복감이 벅차오르며 이내 숨이 막힐 듯이 가슴이 먹먹해왔다. 그 순간 딸애는 무슨 생각을 떠올렸을까. 어쩜 딸애는 바로 그 꽃신과 함께 정식 교사로서의 첫발을 떼는 미래의 그 모습을 상상하고 있었는지도 모른다.

52. 그해 오월

처음에 무성은 딸아이가 전남 지역의 대학에 입학원서를 낼 거라고 말했을 때 여간 근심이 되는 게 아니었다. 바로 그해(재작년) 오월에 전남 광주에서 큰 변란이 일어났기 때문이었다. 정부 발표에 따르면 은밀하게 적의 지령을 받은 적색분자들이 교묘히 시민들을 선동하여 반국가적인 무장 폭동을 일으켰다는 것이다. 그로인해 즉각 장갑차와 헬기, 진압군(계엄군: 착검한 소총으로 무장한 최정예 공수부대원들)이 투입되었고 반도들은 결국 군경 합동으로 치밀하게 전개된 용맹무쌍한 토벌작전(작전명: 화려한 휴가)에 의해 모조리 소탕되었다.

어쨌거나 수연은 아빠의 걱정에도 불구하고 자신의 뜻대로 그곳 대학에 입학원서를 내고 얼마 안 가 당당히 합격통지를 받았다. 그런데 대학에 입학한 후 거기서 따로 하숙하며 1학기 과정을 마치고 첫 방학을 맞아 집에 돌아온 딸아이가 하루는 뜬금없이 이런 말을 하는 것이었다.

(볕이 좋은 오후나절이었다. 빨랫줄에 가지런히 널린 빨래들은 이미 꼬독꼬독 아낌없이 말랐다. 해인은 마을 아낙들과 함께 물질을 가서 아직 돌아오기 전이었고 아까부터 부녀는 앞마당의 평상에 같이 앉아 간간이 도란도란 정담을 나누면서 각자 자기 일에 또한 열심이었다. 즉 무성은 지금 찢어진 그물을 꿰매는 중이었고 딸아이는 헤밍웨이의 소설 '노인과 바다'를 읽고 있었다.)

"...아빠, 정부 발표는 다 거짓이에요. 아무것도 믿지 마세요. 다 비밀리에 기획되고 조작되고 왜곡된 거예요. 언론 보도도 마찬가지예요. 미리 포섭된 언론과 정부가 작당하고 벌이는 치졸한 정치 공작이자 얄팍한 눈속임이며 저들 입맛대로 가공된 정보를 통한 대국민 기만극에 불과해요. 뭐 하나 믿을 만한 게 없어요. 실은 폭동이 아니라 봉기예요. 저들의 무자비한 폭압에 대한 민중의 저항이자 자발적 투쟁이에요. 이유 없는 금압에 대한 자유민들의 정당한 반발이자 항거예요. 폭도도 괴한도 불순분자도 고정간첩도 반도들도 아닌 그저 평범한 이웃이자 선량하고 무고한 시민들이에요. 정말이지 정부나 언론을 곧이곧대로 믿는 건 어리석은 바보들이나 하는 짓이에요......"

그 말에 무성은 덜컥 놀라 저도 모르게 후딱 주위를 돌아보았다. 이내 무섭게 가슴이 뛰면서 전신에 왈칵 소름이 끼쳤다. 안 그래도 무성은 딸애가 혹 용공분자들의 선동질에 속아 철없이 데모대에 섭슬려 반정부 시위나 하면서 정작 중요한 학업은 소홀히 하면 어쩌나 하고 내심 우려하던 차였다. 시국이 시국이니만큼... 온갖 조작과 왜곡, 거짓과 허위, 위선, 음모와 책동, 암투와 모략, 비방과 억측, 교묘한 논리로 위장한 괴변과 비상한 흑색선전술이 난무하는 시대인 만큼 잠시도 그는 마음을 놓을 수가 없었던 것이다.

물론 그 자리는 자신의 집 앞마당이라서 다른 누가 그 소리를 엿들었을 리는 만무했다. 그럼에도 무성은 집 안 어딘가에 몰래 그들의 대화를 엿듣는 엉큼한 귀가 숨어 있을지도 모른다는 본능적 두려움이 일었다. 잠시 후 무성은 간신히 놀란 맘을 추스르고서 나지막한 소리로 딸아이를 타일렀다.

"큰일 날 소리. 그런 소리 하면 못써. 다신 그런 말 하지도 마

라. 행여 누가 무슨 소릴 해도 절대로 믿으면 안 된다. 어느 누가 뭐라고 해도 우린 무조건 정부를 믿어야 해. 정부는 국민을 위해 존재한다는데, 우리가 정부를 못 믿으면 누굴 믿겠니? 넌 대학생이고 장차 학생들을 가르치는 선생님이 될 테니까, 누구보다 더 정부를 믿고 정부를 의지하고 또 그만치 배운 사람답게 항상 제대로 된 생각과 올바른 정보를 전달해야 하지 않겠니?"

53. 풍경

부녀는 이제 무인등대를 뒤로하고 건듯건듯 불어오는 해풍을 맞으면서 다정히 언덕을 내려오는 중이었다. 곁에서 수연이 살갑게 아빠의 팔짱을 끼고 걸었다. 언덕 아래 저만치서 게으른 바다가 넘실거리고 거기 은구슬이 부서진 듯 눈부시게 반짝이는 윤슬 위를 떠돌며 바닷새 몇 마리가 잇달아 텅 빈 고요 속으로 짤막한 울음소리를 흩뿌렸다.

멀리 바다 끝 수평선 위로 두둥실 흰 구름이 떠갔다. 둘의 발밑에선 연신 훗훗한 풀냄새가 피어올랐다. 마치 졸음에 겨운 듯 나른하게 늘어지는 풀벌레 울음소리가 들려왔다. 벼랑 밑 안벽을 부딪고 하얗게 부서지는 파도소리가 이따금 철썩철썩 귀를 울렸다.

그런 부녀의 정다운 모습에 샘이 났는지
무인등대는 뻣뻣이 고개를 치세우고
한껏 두 사람을 외면한 채
멀리 바다 쪽을 응시하고 있었다.

며칠 전 수연은 방학을 맞아 그날로 하숙방을 떠나 득달같이
집으로 되돌아온 터였다. 앞으로 9월 2학기가 개강할 때까지 집
에 머물면서 모처럼 부모님 곁을 지키며 평온하고도 한가한 시
간을 보내게 될 것이다. 마치 어릴 적에 그랬던 것처럼 수연은
명랑한 목소리로 잠시도 쉬지 않고 계속 무슨 말인가를 종알거
렸다. 다 큰 딸아이의 재롱에 신이 나서 무성은 절로 흐뭇함에
겨워 연방 웃음을 터뜨렸다.

그동안 마을의 모습은 적지 않게 변모했다.

지난날 초가와 너와집, 굴피집 따위가 옹기종기 조화롭게 모
여 있던 마을 집들은 그사이 골이 진 잿빛 슬레이트 지붕 일색으
로 바뀌었다. 그러면서 낮은 토담과 엉성한 울바자는 사라지고
그 자리에 대신 높직높직한 벽돌담이 솟아올랐다. 사람 하나 간

신히 지나다닐 만큼 조붓했던 고샅들도 이제는 제법 널찍널찍한 통행로로 변신했다.

낡은 목선뿐이던 마을 어선들은 하나둘 발동기가 부착된 통통배로 모두 교체되었다. 포구 주변에는 잇달아 이러저러한 시설물이 설치되었고 그 한쪽에는 따로 큰 배들이 드나들 수 있도록 시멘트로 조성된 단단한 접안 시설이 새로 생겨났다. 그 뒤 포구에는 오전 오후 한 번씩, 하루 두 차례 정기선이 오갔다. 비록 정기선이라곤 하지만 그날그날 해상 상황에 따라 배가 연착하거나 아예 결항되는 경우도 적지 않았다.

또한 언제 어디서든 수월히 마을로 통하는 육상 교통로가 개통되면서 갈수록 육로와 해로를 통한 외지인들의 발길이 잦아지고 있었다. 그러면서 자연 외지인들을 상대로 한 몇몇 식당과 민박집들도 따라 생겼다. 동시에 몇몇 가구에는 집전화가 놓이고 마을 어귀에는 단출한 버스정류소와 함께 두툼한 공중전화부 한 권이 비치된 공중전화 박스도 순차로 설치되었다.

그 후 하루에 두어 차례 인근 해안 지역을 아우르며 두루두루 외딴 마을을 순환하는 (멋진 베레모에 산뜻한 유니폼을 입은 차장 아가씨가 활기찬 목소리로 '오라이! 오라이!'를 외치는) 어촌

버스가 드나들었다.

  그렇듯 세상의 변화만큼이나 마을의 모습도 나날이 급변했고 더불어 사람들의 생각도 행동도 일상도 따라 시시각각 빠르게 변하고 있었다. 그즈음 포구 저만치에 공동 어판장으로 사용될 큼지막한 철골 구조물 하나가 완공되었다. 그러자 몇몇 눈치 빠른 아낙들은 후딱 그 주변을 차지하고 앉아 줄지어 무시로 생선 좌판을 벌이기 시작했고 얼마 안 가 그런대로 어물전 모양새를 갖추면서 다소 허술하게나마 임시 어시장으로 점차 자리를 잡았다.

54. 가족

무성의 오두막집은 여전히 뒷산 중턱 그 자리에 낮게 웅크리고 있었다. 무성 또한 변화의 흐름을 외면할 수 없어 그전의 초가지붕을 걷어내고 새로 슬레이트 지붕을 얹었다. 다만 그는 다른 이들과 달리 싸리울만큼은 벽돌담으로 교체하지 않고 본디 모습 그대로 기울어진 채로 두었다. 무성은 사실 그런 마을의 변화가 썩 달갑지만은 않았다. 비록 자신조차 변화하고 발전하는 당대의 시류를 따라가지 않을 수는 없었지만 그러면서도 왠지 모르게 자꾸 마음 한구석이 허전하고 씁쓸해졌다.

고샅고샅 날로달로 통행로가 넓어지고 이리저리 착착 교통로가 뚫리는 게 그는 이상스레 서운하고 마음에 걸렸다. 뭐랄까. 마치 좁은 골목골목이 넓어지는 순간 이웃 간의 거리도 따라 넓어지고 벌어지는 느낌이었다. 요컨대 좁은 고샅길은 구불구불

서로서로를 감아 돌며 한데 어우르지만, 넓은 통행로와 곧은 교통로는 외려 서로서로를 밀어내고 분리하면서 따로따로 무정히 갈라놓는 것만 같은 느낌이 들었던 것이다.

그 집 세 식구는 지금 밥상에 오순도순 둘러앉아 늦은 저녁을 들고 있었다. 초저녁이었다. 물질을 마치고 다저녁때 돌아온 해인은 마당 길체(한구석)에 물옷과 물질 도구들을 내려놓기 바쁘게 곧장 정지로 들어가 잠시 숨 돌릴 틈도 없이 후닥닥 저녁상을 보아 큰방으로 들였다.

해인은 아무리 몸이 고되어도 대학생인 딸아이를 결코 정지에 들이는 법이 없었다. 그녀에게 있어 자신의 딸아이를 정지에 들이는 것은 흡사 어떤 신성한 존재에 대한 모독이나 불경을 저지르는 것과 다르지 않았다. 그녀는 늘 아무런 도움 없이 혼자 손수 음식상을 차렸다. 워낙 유별나게 막무가내로 고집하는 통에 수연은 이제 정지에 들어가 엄마의 일손을 거들 엄두조차 내지 못했다.

얼마 후 저녁상을 물리고 가족은 다 같이 앞마당에 나와 평상에 걸터앉은 채로 사이좋게 서걱서걱 수박을 베어 먹었다. 마당

한쪽에 마른풀을 태워 모깃불을 놓고 평상 귀퉁이에 모기향까지 피웠는데도 자꾸 모기들이 앵앵거리며 극성을 부렸다. 해인이 남편에게 내일 새벽에도 뱃일을 나가느냐고 물었다. 곧 무성은 내일 오전에 인근 지역 어촌계장들의 회의가 있는 날이라 아침 첫차를 타고 읍사무소에 다녀와야 한다고 대답했다. 그러면서 낼이 마침 오일장이 서는 날이니 뭐 필요한 거 있거든 나간 김에 사다줄 테니 미리 얘기하라며 곧 의사를 묻는 듯이 아내를 바라봤다.

그러고서 잠시 기다렸다가 아내가 아무 반응이 없자, 자신은 내일 회의에 다녀와서 물때를 보아 웬만하면 오후 느지막이 배를 띄워 오늘 새벽에 던져둔 통발을 걷어 올릴 예정이라고 말을 덧붙였다. 그 말이 채 끝나기도 전에 수연이 아빠한테 내일 오후에 자기도 데리고 가달라고 졸랐다. 그 말에는 대답도 않고 무성은 슬쩍 눈을 돌려 아내의 눈치부터 살폈다.

수연이 대번 아빠의 의도를 알아채고는 후딱 엄마를 돌아보며 숫제 애원하는 표정을 지었지만 해인은 그저 냉담히 고개를 가로저을 뿐이었다. 수연은 곧 부루퉁해져서는 고개를 푹 떨구더니 자리에서 발딱 일어나 혼자 툴툴거리며 팩 토라져 작은방으로 들어가 버렸다. 무성은 순간 아내를 바라보며 언뜻 무슨 말인가를 하려다가 곧 나직이 한숨을 내쉬면서 돌연 생각을 돌렸다.

　해인은 오래전 어머니와 함께 바다에서 조난당한 기억에서 벗어나지 못한 탓에 딸아이가 바다에 나갔다가 혹 같은 일을 당할지도 모른다는 불안감에 짓눌려 그토록 엄혹하게 딸아이를 단속하는 것이었다. 또한 그녀는 남편 무성이 뱃일을 나가는 날이면 하루 온종일 일시도 마음을 놓지 못하고 안절부절 속을 태우다가 아직 귀항 시간이 되기도 전에 서둘러 포구에 나가 서서 저 멀리 수평선 언저리에 시선을 묶고 어서 남편의 고깃배가 무사히 돌아오기만을 끝도 없이 몇 번이고 맘속으로 되뇌었다.

　그러던 어느 날, 아내는 문득 어릴 적 기억을 되살리고는 곧바로 집 뒤편 저만치 올라간 산턱에 자그마한 크기의 당집(할망당) 하나를 지었다. 그러고는 시시때때로 그곳을 찾아 지성껏 제물을 바쳐 올리면서 온 가족의 무사와 안녕을 비손하며 간절히 머리를 조아렸다.

55. 우편배달부

이튿날 수연은 우체부 아저씨가 가져다준 편지 한 통을 받았다. 엄마는 또 물질을 나가셨고 아빠는 어제 말씀하신 대로 아침 첫차를 타고 오늘 읍사무소에서 열리는 어촌계장 회의에 참석하러 가셨다. 우체부 아저씨는 저 아래 마을 끝 멧기슭에 오토바이를 세워놓고 그 편지를 전달하기 위해 터덕터덕 비탈길을 걸어 올라 이윽고 그곳 중턱 오두막집 앞마당으로 들어섰다.

이제 막 정오가 지난 시각이었다.

수연은 평상에 앉아 책(빨강 머리 앤)을 읽다가 우체부 아저씨가 가지고 온 그 편지를 건네받았다. 모기 물린 자리가 가려워 자꾸 긁는 바람에 팔뚝 곳곳이 벌게지면서 볼똑볼똑 부풀어 올랐다. 그녀는 곧 편지와 책을 평상에 내려놓고 얼른 정지에 들어가 시원한 물 한 컵을 쟁반에 받쳐들고 나와 아저씨한테 건넸다. 아저씨는 땀을 뻘뻘 흘리면서 물 한 컵을 발깍발깍 단숨에 비우고는 빈 컵을 도로 수연에게 건넸다.

그러고서 아저씨는 이마에 흐르는 땀방울을 팔뚝으로 쓱 훔쳤다. 둘은 잠시 앞마당에 서서 격의 없는 대화를 주고받았다. 마치 자신의 일이라도 되는 양 아저씨는 수연의 대학 생활에 관해 무척 관심을 드러내며 궁금해했다. 수연은 대학 생활 전반에 대해 이모저모 부러 자잘한 일상까지도 스스럼없이 이야기를 들려주었다. 그렇듯 두 사람은 이미 예전부터 알고 지내 온 친숙한 사이였다. 그러니까 수연은 중학교 시절부터 자기가 좋아하는 인기 가수에게 팬레터를 보내거나 애청하는 라디오 음악 프로 디제이에게 종종 신청곡 엽서를 띄우곤 했던 것이다.

당시 수연의 방 앉은뱅이책상 앞 벽면은 그녀가 좋아하는(압핀으로 콕콕 꽂아 둔) 인기 스타들의 화보 사진으로 가득 도배되어 있었다. 그러다 고등학교에 입학한 뒤로는 앉은뱅이책상도 제대로 된 책걸상으로 바뀌고 팬레터나 신청곡 엽서도 점차 줄어드는 대신 영어도 익히고 색다른 문화도 접할 요량으로 펜팔을 통해 대범하게 외국 친구를 사귀기 시작했다.

그때마다 우체부 아저씨가 늘 수연의 든든한 응원군이 되어 주었다. 그 시절 묵묵히 제자리를 지키며 아저씨는 매양 한결같은 모습으로 꿈 많은 수연의 심부름꾼 역할을 도맡아했다. 그런 수연이가 어느덧 이 지역의 유일한 대학생이 되자 아저씨는 마치 자신의 노고에 작은 보상이라도 받은 듯이 잔잔한 기쁨과 더불어 절로 어떤 직업적인 긍지와 만족감이 일었다. 물론, 지난날 수연에게 대학 합격통지서를 가져다준 사람 역시 우체부 아저씨였다.

56. 현성

그 편지는 바로 수연의 남자 친구인 현성이 보낸 것이었다. 현성과 수연은 같은 학교 같은 과 동기였다. 현성의 집은 두 사람의 대학교가 있는 전라남도 광주시였다. 하지만 현성은 지금 광주에 있지 않았다. 올 초에 돌연 휴학계를 내고 그는 아무도 모르게 자취를 감췄다. 그러면서도 여자 친구인 수연에게는 단 한마디의 언질도 주지 않았다. 하지만 수연은 현성의 마음을 알고 있기에 어떤 실망과 서운함보다는 외려 막연한 불안과 함께 가슴 시린 동정과 안타까움이 더 앞섰다. 그러니까 현성은 현재 일종의 반체제적인 사상범으로서 중요(A급) 지명수배자의 신분으로 당국과 정보기관의 감시망을 피해 몰래 도피 생활을 하는 중이었던 것이다.

그해 오월.

현성은 고등학생 신분으로 그날 그 현장(그 피와 총검과 죽음과 비명의 한가운데)에 서 있었다. 그 후 대학생이 되자 현성은 그날 그 순간의 진실을 세상 밖으로 알리기 위해 몇몇 동지들을 모아 비밀조직을 만들었다. 그런 다음 학내에 상주하는 짭새(사복형사)들을 피해 친구의 자취방에서 비밀히 등사기를 밀어 몇몇 유인물과 지하신문을 찍어냈다. 그렇게 아무도 모르게 자신들의 활동을 이어가다가 결국 당국에서 심어둔 가짜 대학생(비밀 정보원)들에 의해 그들의 내밀한 계획들이 모두 발각되고 말았다.

현성의 편지를 읽고 나자 수연의 눈가에는 그새 그렁그렁 눈물이 고였다. 현성은 그런대로 잘 지내고 있으며 아직은 자신의 은신처를 밝힐 수 없다는 말과 함께 혹시 모를 위험을 피하기 위해 편지 겉봉투 발신자의 주소와 성명은 일부러 거짓으로 적었다는 말을 덧붙였다.

57. 질경이

'질경이'는 현성이 만든 비폭력적 비밀결사체의 이름이었다 (당시 그에게 이 같은 단체를 결성할 수 있도록 운명적 자극과 내면적 영감을 준 것은 바로 독일 나치에 반기를 들었던 저항조 직 '백장미단'이었다. 현성은 그 단체의 주축이었던 '한스와 조피 숄' 남매에게서 절로 선명한 역사적 사명과 필연적 용기를 동시 에 이어받았다).

같은 대학에 다니는 동학들과 외부 동조자를 포함해 전체 조 직원의 숫자는 대략 30명 안팎이었다. 하지만 그들 조직원 명단 안에 현성의 여자 친구인 수연이란 이름은 존재하지 않았다. 물 론 수연은 현성이 만든 질경이란 조직과 그 조직의 비밀, 운영방 식, 지향점, 행동방향 등에 관해 속속들이 꿰고 있었다. 그런데 도 수연이 그들 조직의 일원이 되지 않은 것은 그녀 자신의 의지라기보다는 남자 친구인 현성의 조언과 요청 때문이었다.

현성은 그녀를 자신의 조직과 전혀 무관한 상태로 둠으로써 혹시 모르는 만일의 상황을 대비하려 했던 것이다. 이를테면 자신의 조직에 대한 비밀이 탄로 날 경우, 다른 조직원들과 달리 여자 친구인 수연만은 당국의 의심을 받지 않는 안전한 상태에 두어 또 다른 방식으로 계속 조직의 활동을 이어갈 새로운 연결점으로 삼으려고 했던 것이다.

그런 이유로 수연은 현성의 조직에 대해서는 아예 관심을 감추고 그저 평범한 대학생의 모습으로 학업에만 집중하며 늘 자기 시간에 충실할 뿐이었다. 그러면서도 속으로는 노상 남자 친구인 현성과 그의 결사체에 드리운 영웅적 낭만과 숙명적 위험성(언제 어느 때고 다닥뜨릴 그 비극적 결말에 대한 불길한 예감)을 자각하며 한시도 긴장감을 놓지 못한 채 좀처럼 불안감을 떨칠 수가 없었다.

그러다 마침내 수연의 예감대로 그들의 불행은 부지불식간에 눈앞의 현실로 닥쳐왔다. 그럼에도 그간의 그런 조심성 덕분이었는지 현성의 조직이 불시에 당국에 발각되고 그예 대부분의 조직원이 검거되어 연일 혹독한 심문과 고문에 시달리며 모진 고초를 겪는 와중에도 수연은 단지 둬 번 경찰에 출두해 의례적인 조사만 거쳤을 뿐 아무런 의심도 받지 않고 무사할 수 있었다.

바다 끝 등대섬에

노란 달맞이꽃 피었다.

58. 칠월의 끝

그사이 장마가 끝나고 연일 뙤약볕이 내리쬐며 무더위가 한 껏 기승을 부렸다. 밤이면 밤마다 물것들이 설치는 통에 수연은 좀체 잠을 이룰 수가 없었다. 방 한쪽에 모기향을 피웠지만 처음 에만 일시 잠잠할 뿐 어느새 또 득달같이 달려들어 따끔따끔 물 어대며 성가시게 자꾸 앵앵거렸다.

모기 물린 자리가 따갑고 무러워 애먼 살만 벅벅 긁어대는 통 에 벌써 몇 군데나 까져서 진집이 났다. 그러나 그녀를 괴롭히는 심리적 실체는 정작 다른 곳에 있었다. 바로 현성에 대한 걱정과 상심에서 오는 감정적 고통과 쓰라림이었다. 얼마 후 수연은 작 은방을 나와 앞마당의 평상에 가 걸터앉았다.

뻐꾹뻐꾹.

뒷산 어디선가 뻐꾹새 울음소리가 들렸다.

울 밑에선 쉴 새 없이 풀벌레가 즉즉거렸다. 낮 동안에 재재 거리느라 고단했는지 처마 밑의 제비들은 받침대 위 제비 집 안에서 곤히 잠이 들었다. 수연은 멍히 고개를 들고 밤하늘을 올려다보았다. 또다시 그녀는 허우룩한 마음으로 현성을 그리며 시름에 잠겼다. 그사이 현성은 두 차례 더 편지를 보내왔다. 그는 계속 수시로 거처를 옮겨가며 겨우겨우 당국의 경계망을 피해 숨어 다니는 중이었다.

그런 식으로 얼마나 더 버틸 수가 있을는지 현재로선 아무것도 장담할 수 없었다. 당국의 포위망은 갈수록 더 촘촘하고 은밀하고 치밀해졌다. 그야말로 어디에 무슨 함정이 도사리고 어떤 첩보망이 또 거미줄처럼 깔려 있을지 그로서는 도시 짐작조차 불가한 일이었다.

요컨대 일반인을 가장한 사복경찰과 비밀정보원, 특별수사대, 군 특수요원, 방첩요원, 국가보위기관원, 그 외 현상금을 노리는 단순 밀고자들과 개개의 당국자들과 따로따로 연결된 사조직 성격의 민간 연락책 따위의 인간 사냥꾼들이 전국 방방곡곡 그 어디를 막론하고 거대한 점조직처럼 정체를 숨긴 채로 회색

모래알같이 점점이 흩어져 있었다.

　그런 고립무원의 은신 상태에서 현성은 몇 번이나 절망적인 심정으로 자수를 고심했지만 그때마다 수연과 남은 동지들을 떠올리며 또다시 한 가닥의 희망을 움켜쥔 채 가까스로 자신의 의지를 일깨워 나약해진 심령을 다잡곤 했다.

59. 낯선 우체부

팔월 초의 어느 날.

낯선 우체부 하나가 오두막집 사립문 밖에서 집 안을 기웃거리고 있었다. 늘 다녀가던 우체부 아저씨에 비해 몸은 더 호리호리하고 나이도 여남은 살쯤 젊어 보이는 한창때의 남자였다. 손에는 편지 한 통이 들렸고 어깨에는 큼지막한 우편 가방을 멘 채였다.

한낮이었다. 오두막집에는 아무도 없었다. 아내는 아침녘에 물질을 나갔고 남편은 새벽같이 뱃일을 가서 아직 돌아오지 않았다. 수연은 언덕 끝 무인등대로 혼자 놀러 나간 터였다.

잠시 후 그 우체부는 사립문을 밀고 앞마당으로 들어섰다. 순간 처마 밑의 제비들이 주인 대신 지저귀리며 그 손님을 맞았다. 한데 그 소리가 어째 썩 쾌활하지는 않았다. 전과 달리 어딘가

맥이 빠진 느낌이었다. 아무래도 전에 보던 그 얼굴(소탈하고 사람 좋아 보이는)이 아닌 낯선 사람이어서 그랬는지 본능적으로 슬쩍 경계심이 어린 지저귐이었다.

그는 잠시 더 이리저리 집 안을 둘러보더니 이어 손에 든 편지를 평상에 놓아두고는 곧 울타리 쪽으로 걸어가서 저만치 아래 보이는 마을과 포구의 풍경을 내려다보았다. 그 상태로 멍히 생각에 잠겼다.

먼 듯 가까운 듯 잔잔한 해조음이 밀려와 귓등을 간질이는 자장가처럼 섬마을을 토닥이고 있었다. 그러다 이윽고 멀리 눈부신 햇살이 이랑지는 한여름의 바다와 거기 유리 조각처럼 반짝이는 물비늘 너머로 아스라이 가물대는 수평선 쪽으로 그는 시선을 던졌다.

얼마 후 수연이 오두막집으로 돌아왔을 때 그 젊은 우체부는 되돌아간 뒤였다. 수연은 평상에 앉아 거기 놓인 편지 봉투를 뜯고 그 안에 든 편지지를 꺼내 읽기 시작했다. 현성에게서 온 편지였다. 이윽고 편지를 다 읽고 나자 수연은 저도 모르게 깊다란 한숨이 새어나왔다. 현성은 이번 편지가 수연에게 보내는 마지막 편지가 될 거라고 썼던 것이다.

수연은 갑자기 온갖 사념들이 몰려들면서 머릿속이 순식간에 뒤죽박죽 의식의 잡동사니로 온통 헝클어져 버렸다. 그러면서 자꾸만 가슴이 조마조마하고 한차례 왈칵 식은땀이 나면서 그대로 어질어질 까무러칠 듯이 숨이 턱 막혔다. 수연은 애써 스스로를 다독이며 동요된 마음을 잠재우고는 이윽고 그 편지를 손에 든 채 자리에서 일어났다. 곧 마당귀로 걸어가서 수연은 멀리 왼편으로 보이는 무인등대를 바라보며 망연한 그리움에 젖었다.

그대로 몇 분인가 지났다. 이제 얼마간 엉클린 마음은 가라앉았지만 대신 기묘하게 옥죄는 감정의 억압이 그 자리를 차지했다. 어느새 그렁그렁 눈시울을 적시며 눈물이 차올랐다. 그리움의 농도가 짙어갈수록 눈물의 점도 또한 더 끈끈해졌다. 그날 밤 수연은 오래도록 잠을 못 이루고 훌쩍훌쩍 흐느끼며 하염없는 눈물로 베갯모를 적셨다.

月影推不出

달그림자 밀어도 나가지 않고

情人掃還生

임 생각 쓸어도 되살아나네.

60. 달그림자

요 며칠 기습적인 폭우가 내렸다.

마침내 비가 그치고 환한 보름달이 떠올라 함함히 오두막을
어루더듬는 팔월의 어느 밤이었다. 수연은 또 벽을 안고 한참이
나 잠을 설치다가 그예 잠들기를 포기하고 몸을 돌려 반듯이 누
운 채로 말똥말똥 어둠 속을 응시하며 생각에 잠겼다. 옅은 달빛
이 한쪽 어둠을 들치고 스멀스멀 바닥으로 깔리면서 비스듬히
문가로 비쳐들었다.

소리 없이 짙어가는 고적감 속에서 흐르는 듯 멈춘 듯 몇 분
인가가 지났다. 그때였다. 일순 달그림자가 불쑥 일그러지는가
싶더니 이윽고 누가 똑똑 외짝문을 두드리는 소리가 들려왔다.

수연은 냉큼 문가 쪽을 돌아보며 그대로 몇 초간 귀를 기울였

지만 그쪽에선 아무 소리도 들리지 않았다. 잠시 더 기다린 뒤 아마도 잘못 들었나 싶어 이제 막 눈길을 거두려는데 다시금 똑 똑 문짝을 두드리는 소리가 울렸다. 수연은 더럭 겁이 나면서 살 갗에 오싹 소름이 돋았다. 그러면서 저도 모르게 기엄기엄 문가 쪽으로 다가가서 문밖으로 잔뜩 귀를 모았다.

"나야!"
"질경이!"

문밖에서 꿈결인 듯 소리 죽여 외치는 누군가의 목소리가 들 려왔다. 수연의 귓가에는 분명 질경이란 소리가 들렸지만 그 소 리는 마치 자기 자신의 의식 속에서 들리는 환청인 양 얼핏 머릿 속을 스치면서 그대로 아스라하게 멀어져 갔다. 이쪽에서 응답 이 없자 다시금 그쪽에서 숨죽인 외침이 들려왔다. "나야, 수연 아! 현성이! 나야! 현성이야!" 그제야 섬뜩 놀라 황급히 달빛을 흩뜨리며 방문을 열었다. 그러자 거기에 한 사내가 서 있었다. 현성이었다. 홀로 거뭇거뭇 달그림자를 던지면서 흡사 환영인 듯 토방에 우뚝 서서 현성은 그렇게 수연을 응시하고 있었다.

61. 달맞이꽃

현성은 손에 들고 있던 노란 달맞이꽃 한 송이를 쑥스러운 듯 슬그머니 수연에게 내밀었다. 그는 몹시 수척해졌고 얼굴에는 검숭검숭 수염이 자랐다. 수연은 말없이 그 꽃을 건네받으면서 현성을 조용히 방으로 들였다. 그렇게 수연의 방문은 도로 닫히고 달빛은 또 흐릿하게 문가로 새어들었다.

거기 달빛 어린 어둠 속에서 둘은 서로를 꼭 껴안은 채 한동안 그대로 꼼짝도 하지 않았다. 소박한 기쁨과 어색한 행복 그리고 그윽이 번지는 달맞이꽃 향기 사이로 달콤한 고통이 한꺼번에 밀려들면서 격류처럼 세차게 둘의 혈관을 타고 돌았다. 섬뜩 놀란 듯 맹렬히 고동치는 심장 소리만이 또렷이 침묵 속을 울렸다.

그리고 또 얼마가 흘렀을까.

둘은 나란히 방 벽에 기대앉아 어느덧 시공의 흐름을 잊고 소곤소곤 정겨이 이야기를 나눴다. 아늑하고도 평화로운 밤이었다. 으밀아밀 단둘이 실뜨기하듯 엮어 가는 은근한 그 속삭임 속에서 모든 것이 일제히 숨을 죽였다. 이 먼먼 우주의 끝자락에서 (그토록 깊고 농밀한 침묵 속에서) 지구는 남몰래 앳된 두 연인을 품에 안고 향기롭게 빛나고 있었다.

현성은 밤을 도와 몇 날 며칠을 걷고 걸어 그날 밤 가까스로 이 마을에 닿았다. 비록 마을에 대해 아는 거라곤 전에 가끔 수연에게서 전해들은 몇몇 가지 단편적인 정보가 전부였지만 그럼에도 무작정 은신처를 버리고 그는 이곳을 향해 길을 나섰다.

바로 그 순간 그녀를 사랑하는 마음은 곧 목적지가 그려진 영혼의 지도로 변했고 동시에 그녀를 향한 그리움의 숨결은 곧 그가 나아가야 할 의지의 방향을 가리키는 나침반의 바늘이 되었다.

그렇게 철저히 사람들의 이목을 경계하면서 오로지 그는 산을 타고 골을 넘어 이름 모를 야산과 구릉을 지나 쉼 없이 들과 들을 가로지르면서 마침내 이곳 수연이란 이름의 따사한 보호막 속으로 찾아든 것이었다. 하지만 거기까지였다. 그게 전부였다. 그로서는 이제 무엇을 어찌해야 할지 아무런 계획조차 준비되지 않았다.

그간 몇 번의 서신을 통해 수연의 안전과 무탈함을 확인하고 나서야 비로소 이곳을 마지막 도피처로 삼기로 결심했지만 그럼에도 아직은 아무것도 안심할 수 없는 예측 불허의 상황인지라 그는 여전히 불안감을 떨치지 못했다. 또한 자신의 그런 결정으로 인해 자칫 애꿏은 사람들마저 곤경에 빠뜨리는 것은 아닌지 몰라 그는 내심 자책 어린 자괴감이 일었다.

62. 연인

　며칠이 지났다. 밤이 되자 마을은 또 일찌감치 초저녁잠이 들
었다. 크고 번성한 도시와 달리 작은 어촌인 이곳은 더 빨리 어
두워지고 더 간소한 저녁을 들고 더 일찍 잠자리에 들고 더 적은
고민을 안고 더 깊숙이 꿈의 바다로 빠져든다. 뒷산 중턱 수연의
오두막집 처마 밑에 세를 든 제비네 가족도 곤히 단잠에 빠졌다.
그 뒤로 한참이 지났다.

　그때 살그머니 작은방 문이 열리더니 곧 수연이 방을 나왔다.
그녀의 손에는 하얀 보자기에 싸인 큼직한 무언가가 들려 있었
다. 곧 그녀는 사립문을 열고 나와 마을 쪽으로 곧장 비탈길을
걸어 내려갔다.

　얼마 후 산중턱을 내려와 마을길에 이르자 조금 가다 왼편으
로 방향을 돌려 멀리 언덕 끝에 반짝이는 무인등대 쪽으로 살랑

살랑 걸음을 옮겼다. 왠지 조심스러우면서도 어딘가 감출 수 없는 설렘과 기대와 행복감이 서린 은밀한 발걸음이었다. 한 폭, 한 폭, 홀로 달빛을 훔치면서 괴괴한 마을길을 걸어 이윽고 그녀는 그쪽 언덕길로 접어들었다. 그 뒤 한참을 더 점토질의 언덕길을 걸어 올라 그녀는 막 무인등대 앞에 다다랐다.

똑똑!
똑똑!
똑똑똑!

수연이 잇달아 무인등대 출입문을 두드려 인기척을 냈다. 그러고서 잠시 기다렸다. 그때 등대 안쪽에서 이쪽의 문기척 순서와 똑같이 일곱 번의 손기척 소리가 되울렸다. 수연은 곧 손에 든 물건을 풀밭에 내려놓고 치마 안쪽 작은 주머니에서 열쇠를 꺼내 등대 출입문을 열었다. 그 안에서 현성이 밝게 웃는 얼굴로 수연을 맞이하며 등대 밖으로 나왔다. 이어 수연은 보자기의 매듭을 풀고 그것을 곧 풀밭 위로 가지런히 펼쳤다.

그런 다음 보자기에 싸여 있던 대바구니의 덮개를 열고 그 안에서 플라스틱 물병과 함께 몇몇 음식들이 든 찬합을 꺼내 보자기 위에 찬찬히 소담하게 차렸다. 이윽고 둘은 보자기 위의 음식을 사이에 두고 등대 옆 풀밭에 마주앉았다. 지난밤 이후로 종일 굶은 터라 현성은 서둘러 나무젓가락을 집어 꿀떡꿀떡 음식을 먹기 시작했다. 수연이 얼른 작은 컵에 물을 따라 건네주었다.

현성은 두어 모금 넘기는가 싶더니 이내 또 입 안으로 허겁지겁 음식들을 몰아넣었다. 얼마쯤 지나자 웬만큼 양이 찼는지 현성은 이제 젓가락을 놓고 컵에 물을 따라 울걱울걱 입을 가셨다. 그러고 나서 마치 밤 소풍을 나온 연인들처럼 둘은 다정히 마주앉아 새살새살 이야기를 주고받았다.

그 소리에 하나둘 풀벌레가 잠을 깨고는 절로 투덜투덜 잠투정을 하며 잇달아 밤이슬에 젖은 몸을 털었다. 그러고는 하는 수 없다는 듯 곧 찌륵찌륵 울음을 빚어 두 연인만을 위한 배경음을 넣기 시작했다.

잠시 후 둘은 어느덧 동심으로 되돌아간 듯 사이좋게 실뜨기 하며 재미나게 놀고 있었다. 그 행동이 다소 엉뚱해 보일만도 하건만 둘의 그 모습은 외려 신기하리만치 자연스러웠다. 이유인즉 전에도 둘은 강의실에서 종종 실뜨기를 하면서 놀곤 했던 것이다.

처음엔 수연의 일방적인 요구에 의해서 시작된 것이었지만 나중엔 되레 현성이 더 적극적인 자세로 돌변하여 놀이에 임했다. 현성은 어느샌가 그만 그 놀이의 매력(애들이나 하는 유치한 놀이라며 놀릴 때는 언제고!)에 푹 빠져들고 말았다. 그것은 한순간 묘하게 정신을 집중하게 하면서 동시에 깜박 세상만사를 잊어버리게 만드는 의외의 기능과 효과를 지녔던 것이다.

그러는 사이……
무인등대는 시샘이 나는 듯
애써 눈을 돌려 밤바다를 바라보았고
마치 소꿉놀이하는 아이들을 내려다보듯
달은 은은히 미소를 머금은 채
신비롭고 사랑스럽게
언덕 위의 두 연인을 쓸어내렸다.

63. 팔월의 끝

밤이 이슥해지자 수연은 또 몰래 집을 나와 멀리 언덕 끝 무인등대로 향했다. 어느덧 더위도 한풀 꺾이고 아침저녁으로 선선한 건들바람이 불어왔다. 얼마 후 무인등대에 이르자 그녀는 보자기에 싼 대바구니를 풀밭에 내려놓고 곧 출입문을 똑똑 두드리며 안쪽으로 다시 둘만의 신호를 보냈다.

이윽고 그쪽에서 같은 신호가 울리자 그녀는 치마 안쪽에서 열쇠를 꺼내 등대 출입문을 열었다. 문이 열리자 안쪽에서 현성이 등대를 나왔다. 둘은 서로 반갑게 포옹한 뒤 곧 풀밭에 마주 앉아 보자기를 풀어 둘 사이에 깔았다. 그러고서 대바구니를 열고 그 안에 담긴 음식을 꺼내 나눠 먹으며 오순도순 정담을 주고받았다.

어디 고장이라도 난 걸까.

등댓불은 그날따라 별스레 더 깜박거리며 밤바다를 쓸어내렸고 달은 자꾸 구름 사이로 숨었다 나타났다 하면서 왠지 생기를 잃은 듯 흐리흐리했다. 그리고 얼마나 지났을까. 둘은 빈 그릇을 걷어 도로 대바구니에 넣고 덮개를 덮은 다음 본래대로 보자기로 싸서 묶었다. 그러고서 막 자리에서 몸을 일으켰다. 괴한 넷이 두 사람을 급습한 것은 바로 이때였다.

한 사내가 와락 등 뒤로 달려들어 한쪽 팔로 현성의 목을 감고 즉시 뒷무릎을 제껴 그의 무릎을 꿇렸다. 이어 잽싸게 현성의 상체를 풀밭에 엎어뜨리고는 순식간에 뒷몸에 올라타고 그의 팔을 등 뒤로 꺾어 찰깍 수갑을 채웠다. 그 서슬에 수연은 털컥 놀라 손에 든 대바구니를 떨어뜨리고 그대로 혀가 굳어 외마디소리도 지르지 못한 채 와들와들 몸을 떨었다.

괴한 둘은 넥타이가 없는 검은 양복 차림의 기관원(대공 분실 비밀 수사관)이었고 다른 둘은 가벼운 여름 잠바 차림의 사복형사였다. 호리호리하고 날렵한 느낌의 기관원 둘과 달리 형사 둘은 다소 둔탁한 인상에 앙바틈한 체구를 지녔다. 검은 양복 하나가 수연의 등에 바짝 권총을 가져다 댔다.

그 사내의 얼굴이 어딘가 낯이 익었다. 바로 그 사내였다(그는 다름 아닌 전날의 그 낯선 우체부였다). 방금 현성을 제압하고 뒷수갑을 채운 형사가 한쪽 발로 포획물의 등짝을 밟고 서서 휴우 하고 안도의 숨을 뱉어냈다. 다른 형사는 한쪽 발로 현성의 목덜미를 콱 짓누르고 있었다.

이윽고 한쪽에 따로 섰던 기관원 하나가 입을 열었다. "이로써 질경인지 지랄인지는 완전히 뿌리를 뽑았군! 내 늘상 말하지만, 명색이 대학생이란 것들이 참 어리석단 말야. 뭣도 모르는 주제에 자꾸 희떠운 소리나 지껄이면서 지들이 다 지혜롭고 똑똑한 줄 착각하고 산다니까."

그가 곧 말을 이었다. "어떤 게 진짜 국가를 위한 것이고, 어떤 게 진짜 중요한 가치인지도 모르는 것들이 무슨 거창한 애국이라도 한다는 양 헛된 신념과 아집, 단견, 그릇된 열망과 사명감에 빠져 지들이 정녕 거룩한 진리를 수호하고 인간적 자유와 사회적 정의를 실현키 위해 헌신보국하는 위대한 투사들이라는 자기도취적 망상과 소아병적 이상에 사로잡혀 있단 말이지."

그가 또 말을 이었다.

"게다가 바보 같은 것들이 무슨 요행수라도 바라는 건지, 한 번 덜미가 잡힌 이상 제까짓 게 아무리 토껴봐야 붙잡히는 건 단지 시간문제란 걸 모른다니까. 매도 먼저 맞는 게 낫다고, 어차피 죽을 거, 죽을 때 죽더라도 일찍일찍 자수해서 얼른얼른 죽어 주면 저도 좋고 나도 좋고 국가도 좋고 서로서로 좀 좋으냔 말야. 그리고 혹시 또 알아. 그냥 반죽음이 되게 패버리고 나서 아예 반신불수로 만든 다음 그 인생이 불쌍해 국가에서 은사를 베풀어 목숨만은 특별히 살려 줄는지 말이야." 그가 말을 마치자 다른 셋이 곧 킥킥대는 웃음으로 그의 말에 동조했다.

"저희 서로 연행할까요?"
"아님 본부로 직접 압송하시겠습니까?"

현성의 뒷목을 짓누르던 형사가 물었다. 그러자 방금 그 기관원이 고개를 저으면서 대답했다. "이런 놈은 연행도 압송도 필요 없어. 쉬운 방법을 두고 뭐 하러 굳이 생고생을 해. 같잖은 자식. 버릇없는 놈. 국가와 민족에 짐만 되는 버러지 같은 것들. 언감생심 흰수작도 어지간히 해야지. 이런 호로새끼는 힘들여 고문할 가치도 없어. 이 새끼한텐 그런 것도 다 사치야. 한마디로 쌍

욕조차 아까운 놈이니까 말야."

　그러고는 현성의 머리 쪽으로 다가가서 방금 그 형사한테 고 갯짓을 했다. 그 형사가 즉시 현성의 뒷목에서 발을 떼고 두어 발짝 그에게서 떨어졌다. 곧 현성의 등짝을 밟고 섰던 그 형사도 따라 발을 떼고 뒤로 물러섰다. 그 기관원이 순간 양복 안쪽에 찬 권총 멜빵에서 자기 권총을 꺼내 한 치의 망설임도 없이 현성 의 머리에 탕! 탕! 탕! 연속으로 세 발을 쏘았다. 현성은 신음 한 마디 뱉어낼 찰나도 없이 총에 맞아 즉사하고 거의 동시에 꺽! 하 는 외마디를 토하며 수연은 그대로 벌렁 까무러치고 말았다.

64. 뒤처리

방금 그 행동이 상부의 지시인지 그 기관원 자신의 개인적인 분노(요컨대 그간 자신을 애먹인 것에 대한 일종의 괘씸죄)였는지는 알지 못한다. 어쨌거나 그는 포획한 사냥감을 그 자리서 즉결 처형한 뒤 '이런 놈 피 냄새로 공연히 공무 차량 더럽힐 거 없다'면서 형사 둘에게 당장 그 물건을 들어다가 벼랑 아래로 던져버리라고 지시했다.

뭐가 그리 즐거운지, 형사 둘은 히죽히죽 웃으면서 죽은 살덩이를 성큼 들어다가 곧 거리낌 없이 벼랑 아래로 힘껏 던져버렸다. 죽은 몸을 그렇게 물고기 밥으로 적선한 뒤 형사 하나가 그에게 여자는 어찌 처리할지를 물었다. 그는 잠시 생각하더니 여자는 굳이 죽일 것까진 없다면서 일단 살려두는 걸로 하고 대신 차후에 문제가 되지 않도록 확실하게 입막음을 하라고 시켰다.

형사 둘은 대번 그의 의도를 알아챘다.

곧 하나가 실신해 쓰러진 수연에게 다가와 그녀의 머리맡에 쪼그리고 앉아 연거푸 사정없이 뺨을 갈겼다. 잠시 후 수연은 조금씩 의식이 돌아오기 시작했다. 이윽고 그녀가 다소 정신을 차린 듯하자 그는 즉시 그녀의 상체를 일으켜 어깨에 척 둘러메고는 그대로 터벅터벅 저쪽 어둠 속으로 걸어갔다. 곧 다른 형사가 뒤를 따랐다. 거기서 둘은 완벽하게 공조하면서 서로 번갈아 가며 잇달아 마음껏 상대를 겁탈했다.

그런 참상을 차마 지켜볼 수 없었던지 달은 그사이 구름 속으로 완전히 자취를 감췄다. 조금 지나자 등댓불도 뒤따라 요란스레 깜박거리더니 이윽고 치직치직하는 마찰음을 내면서 홀연 퍽 꺼져버렸다. 그러거나 말거나 형사 둘은 일말의 아쉬움도 없이 만족스레 일을 치른 다음 그 하나가 입을 쩝쩝 다시고는 능글능글 웃으면서 이렇게 경고했다.

"신고하든 말든 맘대로 해!"
"대신 가족의 목숨은 장담할 수 없다!"

곧 또 하나가 코를 팽하고 풀고 나서,

뒤따라 이렇게 이죽거렸다.

"오늘 즐거웠다!"

"좌우간, 잊는 건 빠를수록 좋아!"

65. 혼잣말

며칠 후 개강일이 되었지만 수연은 그날 강의실로 돌아가지 않았다. 그런 딸아이를 근심스레 바라보면서도 뭔가 심상찮은 분위기를 감지해서인지 부부는 섣불리 속내를 드러내지 않고 그저 묵묵히 지켜만 보았다. 그 밤의 변고를 알 리가 없는 부부로서는 딸의 그런 행동이 쉽사리 이해되지 않을 수밖에 없었다. 아빠인 무성보다도 엄마인 해인의 속은 몇 곱절이나 더 시커멓게 타들어갔다. 그럼에도 당장은 남편의 간곡한 부탁에 밀려 간신히 먹장가슴을 추스르며 자신의 불만을 억누르고 있었다.

수연은 잠도 자는 둥 마는 둥, 식사도 하는 둥 마는 둥 하면서 하루 온종일 평상에 걸터앉아 넋이 나간 듯이 어딘가를 응시할 뿐이었다. 어쩌다 밥상 앞에 앉을 때면 멍히 넋을 놓고 음식을 씹는 둥 마는 둥 하면서 부지중에 절로 한숨을 뱉어내며 볼 안쪽 살을 자꾸 깨무는 통에 입안 곳곳에 그만 스리(상처)가 생기고 말았다.

그런 무감각한 상태는 가면 갈수록 심각해져 급기야 자아에 대한 의식마저 완전히 사라진 기이한 형태의 낯선 생물체처럼 변해갔다. 밤이 되면 또다시 벽을 안고 돌아누워 끝도 없는 눈물로 소리 없이 추적추적 베갯잇을 적셨다. 날이 새면 어느덧 그녀의 눈두덩도 따라 우둥우둥 부어올랐다. 그러다 어느 날부터인가 한밤중에 몰래 집을 나와 전처럼 음식 바구니를 손에 든 채 터덜터덜 밤길을 걸어 언덕 끝의 무인등대로 향했다.

그사이 고장이 났던 무인등대는 무성이 직접 손을 보아 다시금 정상으로 가동되기 시작했다. 얼마 후 무인등대에 이른 수연은 풀밭에 음식 바구니를 내려놓고 곧 똑똑 출입문을 두드리며 등대 안으로 으레 그 신호를 보냈다. 그러고서 잠시 기다렸지만 안쪽에서 아무런 응답이 없자 수연은 이제 보자기의 매듭을 풀어 풀밭에 반듯하게 펼쳐 깔고 대바구니에 든 음식들을 꺼내 그 자리에 하나하나 정갈하게 차리며 다시금 둘만의 만찬을 준비했다.

그러면서 문득 신바람이 나는지 절로 빙긋 미소를 띠고 잇달아 나직나직 콧노래를 흥얼거렸다. 이윽고 즐거운 흥얼거림과 함께 풀밭 위로 소담히 음식들이 차려지자 그녀는 돌연 콧노래를 뚝 그치고는 곧 싸늘한 눈으로 보자기 너머를 건너다보며 풀쑥 혼잣말을 중얼거렸다.

"어서 먹어. 배고플 텐데......"

66. 꽃신

밤이면 밤마다 그런 일이 여러 날에 걸쳐 반복되었다. 그렇게 하루하루 속절없이 시간은 흐르고 밤은 또 어김없이 찾아들었다. 그리고 어느 보름달이 뜬 밤. 수연은 또 집을 나와 허영허영 마을길을 걸어 얼마 뒤에 거기 무인등대 앞에 다다랐다.

또다시 그녀는 무인등대 출입문을 두드리며 자기만의 의식을 치른 뒤 곧 풀밭에 보자기를 깔고 그 위에 하나하나 정성스레 음식들을 차렸다. 하지만 다른 날과 달리 그날은 보자기 건너편을 바라보지도 않았고 그저 꾹 입을 다문 채로 우두커니 음식들을 바라만 볼 뿐이었다. 그러다 이윽고 눈을 들어 저만치 밤하늘에 떠오른 보름달을 올려다보았다.

그녀의 눈망울은 이내 눈물인지 달빛인지 모를 그리움의 빛깔로 함초롬히 젖어들었다. 저만치 허공 어딘가에서 곱다란 꿈들이, 이제는 흩어져버린 그 꿈의 메아리들이, 갈기갈기 찢겨진 그 꿈의 무지개들이, 조각조각 부서져버린 그 꿈의 알갱이들이 점점이 아롱지며 젖은 눈망울 속으로 서글피 스며들었다. 조금 있자 그녀는 사르르 자리에서 일어나 풀밭 위의 음식들을 뒤로한 채 한쪽 벼랑 쪽으로 사붓사붓 걸어갔다. 한 발 한 발 그녀가 걸음을 뗄 적마다 발밑에서 풀잎들이 밤이슬을 토해내며 축축이 발목을 적셨다.

몇 걸음이나 갔을까.

곧 그녀가 발을 멈췄다. 벼랑 아래서 순간 절써덕거리는 파도 소리가 올라와 그녀의 귀를 스쳤다. 그제야 문득 파도를 느꼈다. 예민하고도 둔감한 모순적 감각 속에서 그녀의 심장은 이내 스스로의 맥박을 잊고 어느덧 일렁이는 파도를 따라 고동치며 먼 먼 바다의 품속으로 깊숙이 침잠해 들어갔다.

어딘가 얼얼하면서도 감미로운, 무언가 달콤하면서도 쓰라린 위안의 전율이 한차례 서늘히 전신으로 퍼져가는 듯했다. 어떻게든 결정적인 그 순간을 늦춰보려는 듯, 끝내 돌이킬 수 없는 그 행동을 저지하려는 듯 푸른 달빛이 격렬히 벼랑을 부딪고 가닥가닥 찢겨져 자멸하듯 부서지면서 덧없이 밤의 파도 속으로 흩어지고 있었다.

그러고서 십여 초나 지났을까. 바로 그 십여 초의 짧은 시간. 어쩌면 그 순간은 영원의 호흡보다 깊고 무한의 기억보다 길며 그녀의 온 생애보다 강렬한, 불멸의 시간이었으리라. 그사이 그녀의 형체는 간데없고 벼랑 끝엔 다만 가지런히 벗어 놓은 꽃신 두 짝만이 고스란히 남아 그 자리를 지켰다.

이제부터 난 진짜 내 인생을 살 거야. 진짜 네 인생이 뭔데? 즐겁고 신나고 행복한 나만의 인생이 진짜 내 인생이지. 그럼, 이제껏 살아온 그 인생은 뭔데? 그건 가짜야. 진짜 내 인생이 아냐. 그저 괴롭고 지겨운, 잊고 싶은 기억일 뿐. 하지만 모르는 말씀. 인생이란 건 가짜와 진짜가 따로 있는 게 아냐. 무릇 그 속에는 밝은 날도 흐린 날도, 기쁜 날도 슬픈 날도, 불행의 날도 행복의 날도, 이런 날도 저런 날도 그리고 또 이도저도 아닌 흐리멍덩한 날도 섞여 있겠지만, 결국 죽음 앞에 섰을 때 그 모든 기억의 편린들이 한데 모여 단 한 번의 완전한 진짜 네 인생을 완성하는 거야.

그럼, 생각을 바꿔 이렇게 말해야겠군! 바로 이렇게. 어제까지 난 진짜 내 인생을 살았고, 오늘도 난 진짜 내 인생을 살고 있고, 내일도 난 진짜 내 인생을 살아갈 거야. 바로 과거와 현재와 미래, 고통과 슬픔과 시련, 반성과 후회와 상처, 고독과 상실과 탄식, 기쁨과 행복과 일락, 그 모든 시간의 숨결과 기억의 흔적들이 어우러져 완성되는 단 하나의 완벽한 퍼즐. 바로 그 숭고한 역사, 고결한 일생, 다른 누구도 모방할 수 없는 나 하나만의 역작, 오직 하나뿐인 진짜 내 인생을 말이야.

67. 백팩

"어르신, 괜찮으세요?"

노인은 번뜩 눈이 떠졌다. 곧 서서히 의식이 깨어나면서 사르
르 시야가 열리고 조금씩 안개가 걷히듯 흐릿하게 주변의 풍경
이 눈에 들어왔다. 그사이 시간이 꽤 흐른 듯 선착장은 이제 인
기척 하나 없이 고요했다. 하선객들은 이미 각자의 수화물을 챙
겨 들고 마을 쪽으로 뿔뿔이 흩어진 뒤였다. 여객선은 그렇게 선
객과 화물을 죄 뱉어내고는 수면 아래 묵직하게 엉덩이를 파묻
은 채 쿨쿨 단잠에 취해 있었다.

그때 한 젊은이가 무성의 몸을 부축하여 바닥에서 조심히 그
를 일으켜 세웠다. 남들이 모두 선착장을 떠난 뒤에도 그는 노인
이 걱정된 나머지 혼자 계속 그 자리를 지킨 모양이었다. 그 청

년의 부축을 받아 바닥에서 겨우 몸을 일으켰지만 무성은 아직 자기 몸도 가누기가 힘들만큼 다릿심이 풀리면서 곧 도로 주저 앉을 듯이 맥없이 비칠거렸다. 그렇게 청년의 팔에 자신을 의지한 채 무성은 문득 눈을 들어 멀리 언덕 끝에 우뚝 선 무인등대를 바라다보았다. 밤새 뜬눈으로 밤바다를 지키느라 고단했는지 무인등대는 절로 눈이 감긴 채로 곤히 잠이 들어 있었다.

"어르신, 안 되겠어요."
순간 그 청년이 입을 열었다.

"댁이 어디세요?"
"제가 댁까지 모셔다 드릴게요."

무성은 힘없이 고개를 끄덕이고는 곧 한쪽 팔을 뻗어 멀리 뒷산 중턱에 바라보이는 자신의 외딴집(파란 슬레이트 지붕)을 가리켰다. 곧 천천히 선착장을 걸어 나와 둘은 곧장 그곳 슬레이트 집을 향해 걸음을 옮겼다. 조금 가자 앞치마를 두른 마을 아낙 하나가 다가와 무슨 일이냐며 걱정스레 물어 왔지만 곧 별일 아니라는 듯 노인은 대답 대신 손사래를 쳤다.

잠시 후 둘은 뒷산 중턱으로 이어지는 좁은 오르막길로 접어들었다. 마을의 다른 길과 달리 이곳 오르막길은 전에 비해 별반 달라진 게 없었다. 그 청년의 곁부축을 받고 힘겹게 자신의 집으로 향해가면서 무성은 내심 '오늘 밤 이 청년에게 딸애가 쓰던 작은방을 내줘야겠구나……' 하고 생각했다.

그 뒤 한참이 지나서야 둘은 겨우 목적지에 도착했다. 둘은 막 앞마당에 놓인 평상에 걸터앉았다. 등에 무거운 백팩을 멘 채 거기까지 노인을 부축하느라 청년도 힘에 부쳤는지 나직나직 가쁜 숨을 내쉬었다. 그새 이마에는 송골송골 땀방울이 맺혔다.

청년은 곧 백팩을 벗어 평상에 내려놓았다.

얼마간 숨을 고른 뒤 무성은 그 청년에게 말했다. "아직 묵을 곳을 정하지 않았으면, 여기 내 집에서 머물게. 마침 작은방이 비어 있으니 괜찮다면 거기 방을 쓰면 될 걸세." 그리 말하고 무성은 곧 의향을 묻는 듯이 그 청년을 넌지시 돌아보았다. 무슨 생각을 하는지 그 청년은 고개를 숙인 채로 말이 없었다. 무성은 잠자코 그 모습을 지켜보았다. 이윽고 청년은 막 결심이 선 듯 다시 고개를 들고는 '그러겠노라고' 답하면서 환히 웃었다.

68. 노트북

무성은 느닷없이 피로가 밀려와 다시금 청년의 부축을 받고 일어나 큰방으로 다가가 곧 문을 열고 안으로 들어갔다. "이 방일세. 여기가 작은방일세." 큰방으로 들기 전에 노인이 작은방을 가리키며 말했다.

방으로 들자마자 무성은 야구 모자를 벗어 말코지에 걸고 나서 곧장 무너지듯 방바닥에 드러누웠다. 그러고서 이내 잠이 들었다. 그사이 청년은 평상으로 돌아와 거기 놓아둔 백팩의 지퍼를 열고 그 안에서 작은 노트북을 꺼냈다. 그러고는 곧바로 어느 민박집 사이트에 접속해 기존 예약 하나를 취소했다.

잠시 후 그는 백팩 겉주머니의 지퍼를 열고 거기서 휴대폰과 소형 디지털 카메라를 꺼냈다. 그러면서 문득 이런 생각을 했다.

'다음엔 승선하기 전에 미리미리 꼭 멀미약을 챙겨먹어야지⋯⋯'
그도 그럴 것이, 오늘 항해 중에 멀미가 나서 그만 낯빛이 핼쑥
하도록 곤욕을 치렀던 것이다(그 바람에 여행자만의 낭만적 정
조인 선상의 객창감을 포기해야만 했다).

곧 휴대폰의 메시지 등을 확인한 뒤 그는 디카를 집어 들고 한
쪽 울타리 가로 다가가서 저만치 아래 바라보이는 마을과 바다
의 정경을 찍어 담기 시작했다. 그러다 이윽고 멀리 언덕 끝에
서 있는 무인등대 쪽으로 카메라의 시선을 돌렸다. 곧 이곳저곳
방향을 돌려가며 그는 열심히 사진 찍기에 돌입했다.

얼마 후 카메라 렌즈 밖으로 피사체를 놓아주고 그는 다시 평
상으로 되돌아와 앉았다. 곧 디카를 내려놓고 자신의 노트북으
로 방금 찍은 사진들을 꼼꼼히 편집하면서 카테고리별로 착착
업데이트했다.

아직 정식 사진가는 아니지만 얼마 전부터 그는 소소한 일상
의 풍경을 테마로 하는 사진들을 찍어 각각의 주제별로 분류하
고 차곡차곡 파일화하는 자신만의 취미가 생겼다. 또한 이렇게
정선된 자료들을 개인 블로그나 유튜브, 몇몇 사진 동호회, 기타
에스엔에스(SNS) 등을 통해 공개하고 공유하고 소통함으로써
적지 않은 보람과 만족감을 얻고 있었다.

69. 자소서

그의 그런 행동은 뭐랄까. 이것은 그러니까 이제껏 수없이 취업에 실패하고 온갖 일용직과 비정규 임시직을 전전하며 맞닥뜨린 인간적 폐허와 자존감의 상실을 극복하고 치유하려는 그 나름의 소박한 처방전이자... 자신의 삶과 그 의미에 대한 새로운 인식이자 깨달음이며... 더 맑고 투명한 영혼으로 바라보는 또 다른 빛깔의 일상이자 가능성이며... 좀 더 향기롭고 희망 어린 미래로 나아가는 진실하고 행복한 무욕의 발걸음이기도 했다.

(아닌 게 아니라. 한 장, 두 장. 열 장, 스무 장. 그렇게 나날이 자신의 노트북에 자소서가 쌓여갈 적마다 그는 자꾸 자괴적 자책감에 시달리면서 절로 서서히 '고립형 외톨이'로 변해가다가 급기야 자포자기적 상태에서 그만 '안 좋은 생각'을 떠올리기에

이르렀던 것이다. 그러면서 종종 '청년 고독사' 혹은 '어느 취준생의 죽음'이란 제목으로 자신의 죽음이 돌연 신문지상의 한 줄을 장식하는 음울한 상상을 하곤 했다.

그즈음. 그러니까 그가 비로소 '삶에 대한 새로운 시각'이 열리면서 그것을 바라보는 자기만의 고유한 의미와 가치를 발견하기 전까지 그의 자취방 벽면에는 도저히 닿지 못할 허황한 미래를 그리면서 절로 자조의 심정으로 써 붙인 여러 장의 포스트잇 글귀가 덕지덕지 장식되어 있었다.

거기엔 이를테면 평창동, 성북동, 한남동 등 이 나라의 대표적 부촌들의 지명과 함께 전국에서 가장 비싸다는 아파트나 최고급 빌라들의 명칭과 가격 등이 장장이 하나씩 또박또박 적혀 있었다. 하지만 처음부터 그가 그런 것들로 너절하게 자취방의 벽면을 어지럽힌 건 아니었다. 흔히 그렇듯 그도 애초에는 마음을 다잡아 줄 격언이나 교훈적인 경구들을 주로 써 붙였었다.)

이것은 또 뭐랄까. 이것은 그러니까 그가 좀처럼 가질 수 없는 것들, 그가 그토록 애태우며 갖고자 하던 것들이 아닌, 이미 그가 가지고 있는 것들, 이미 그에게 주어져 있던 것들에 대해 좀 더 주목하면서 애정 어린 관심과 흥미로운 시선, 천진무구한 호기심 속에서 발견하는, 즉 매일 매순간 표피적 일상 뒤로 스러져가는 것들에 대한 잔잔한 경이로움과 그 안에서 숨 쉬는 생명 친화적 삶에 대한 그 자신만의 작은 깨우침을 얻은 것이었다.

이를테면, 어느 집 담장에 홀로 핀 붉은 장미꽃의 수줍은 미소라든가... 부산히 나무줄기를 오르다가 문득 움직임을 멈추고 가만가만 머리를 갸웃대는 키 작은 개미 한 마리라든가... 어느 깊은 산골짝에 숨어 몰래몰래 솟아나는 숫저운 아이 같은 옹달샘의 천진한 눈망울이라든가... 두꺼운 철모 같은 껍데기를 등에 업고 곰작곰작 낙엽 위를 기어가는 느림보 달팽이 한 마리라든가... 어느 한적한 산골 동구 밖에서 뛰노는 코흘리개 아이들의 해맑은 웃음소리라든가... 해 뜨기 전 안개 서린 냇가에서 홀로 아침이슬에 젖은 채로 애처로이 떨고 있는 나팔꽃 한 송이라든가......

이것은 또 뭐랄까. 이것은 그러니까 거대한 자본과 몽짜스러운 착취자들의 독점적 지배력에 종속돼 날로 부품화되고 개체화되고 비인격화되어 가는 인간의 실존에 대한 자각이며... 갈수록 분열되고 파편화되어 가는 생명의 본질에 대한 자각이며... 시시각각 원자화되어 가는 존재와 절로 기계화되어 가는 병든 정신과 녹슨 심장에 대한 자각이며... 매일 매 순간, 무섭게 가치를 잃어가는 순수한 영혼과 선량한 본성에 대한 자각이며......

그 뒤로 한참이 지났다.

그는 막 노트북을 접고 자리에서 일어나 자기 짐을 챙겨 들고 아까 노인이 내어준 그 작은방(수연의 방)으로 들어갔다. 곧 방 모서리에 짐을 내려놓고 그는 방바닥에 나슨히 드러누웠다. 잠시 후 아물아물 여독이 밀려오면서 그대로 달콤한 무력감을 안고 그는 소르르 눈이 감겼다.

70. 사라진 달

　노인이 작은방 문을 열고 잠든 청년을 깨운 것은 멀리 수평선 자락으로 마지막 석양빛이 기울어가는 어스름한 저녁나절이었다. 잠시 후 둘은 큰방에 마주앉아 함께 저녁을 들었다.

　뜻밖에 찾아든 젊은 길손을 위해 노인은 손수 찌개를 끓이고 몇몇 나물과 생선 요리를 곁들인 조촐한 저녁상을 차렸다. 얼마 뒤에 저녁상을 물리고 둘은 방을 나와 평상 끄트머리에 나란히 걸터앉아 도란도란 이야기를 나눴다. 그사이 마을은 짙은 어둠에 잠겼고 동시에 소록소록 밤이슬이 내리면서 아까와는 달리 밤공기가 제법 쌀쌀하니 차가워졌다.

　평상 한 켠에는 낡은 석유등 하나가 불을 밝히고 있었다(그것은 언덕 끝의 무인등대와 함께 무성의 둘도 없는 단짝이었다. 이를테면 그것은 지난날 촌장 할아버지가 쓰시던 오래전 그 추억의 석유등이었다. 그래서 그런지 그 작고 여린 불빛 하나만으로도 그 순간의 고독과 지상의 허무를 비추기엔 모자람이 없었다).

그렇게 이런저런 화제를 이어가며 한참 동안 대화를 나누던 중 그 청년이 돌연 이런 말을 꺼냈다.

"......여기서도 별이 안 보이네요!"

그가 곧 말을 이었다. "도시에선 별을 못 본 지 오래됐습니다. 언젠가 딱 한 번 아주 작은 별 하나를 본 적이 있는데, 그게 제 마지막 기억입니다. 그래서 혹 시골 어촌이라면 별을 볼 수 있지 않을까 해서 일부러 시간을 내 이곳을 찾아왔는데, 설마 여기서도 별을 못 볼 거라고는 생각지 못했습니다." 무성은 얼른 고개를 들고 밤하늘을 쳐다보았다. 순간 눈에 들어온 것은 다만 새카맣게 드리운 공허의 심연뿐...... 그 하늘 어디를 둘러봐도 작디작은 별빛 하나 까물대지 않았다. 한데 별도 별이지만, 어쩐 일인지 달마저도 어디론가 사라지고 눈에 띄지 않았다.

"근데, 어르신!"

그때 청년이 또 입을 열었다.

"요 근래 이상한 일이 일어났어요."

청년은 곧 말을 이었다. "도시의 밤하늘에서 별이 보이지 않는 것은 늘 있는 일이었지만, 요사이 무슨 일인지 달조차도 전혀 보이지 않고 있거든요. 그래서 신문과 뉴스에서도 연일 천문학자나 점성가, 신비주의자, 예언가, 종말론자, 수학자, 물리학자, 항공우주공학자, 기상 전문가 등을 종횡무진 취재하면서 저마다 경쟁하듯 사라진 달에 대한 특집기사를 쏟아내고 있어요."

청년은 계속 말을 이었다. "거기다 방송사마다 속속 특별 프로그램을 편성해 몇몇 권위 있는 패널들을 참여시켜 날마다 그 현상을 주제로 열띤 토론을 벌이고 있고요. 하지만 소문난 잔치에 먹을 것 없다고 맨날 이러쿵저러쿵 요란만 떨어댈 뿐 전문 패널들조차 서로 의견일치가 안 되고 그저 주관적 관점에 따라 횡설수설하는 걸 보니 학자들도 딱히 그 이유를 모르는 눈치예요……"

그제야 무성은 자신도 며칠간
달을 보지 못했다는 사실이 홀연 떠올랐다.

그러고 보니 요 며칠 밤배질을 나가지 않은 터라 밤하늘을 거의 올려다보지 않고 무심했던 것이다. 또한 평소 티브이를 잘 안보는 데다 며칠 동안 계속 딴생각에 사로잡혀 있었기에 설사 어쩌다 밤하늘을 올려다보았다 해도 따로 그런 것을 떠올릴 겨를이 없어 방금 그에게서 그 사실을 전해 듣기 전까지는 숫제 달의 돌연한 증발에 대해 인식하지 못하고 있었으리라. 무성은 새삼 밤하늘을 눈여기면서 절로 생각에 잠겼다.

'달은 어디로 갔을까?'
'어디로 사라진 걸까?'
'어디로 숨어버린 걸까?'

71. 작은 별

"어르신! 저랑 등대 보러 가요!"

그 소리가 문득 노인의 머리를 깨웠다. 곧 청년이 말을 이었
다. "여기 민박집 안내 사이트에 보니까 거의 빠짐없이 무인등대
소개가 있더라고요. 굉장히 오래된 무인등대라는 설명과 함께
자신들이 직접 찍은 사진들을 각각 계절별로 분류해서 따로따로
여러 장씩 올려놨더라고요. 그 사진 하나하나가 마치 저를 향해
손짓하는 듯한 착각에 빠질 만큼 넘나 멋지더라고요. 그중에서
도 밤에 찍은 사진들이 특히 더 멋지던데요." 그러더니 불쑥 자
리에서 일어나 청년은 왼편으로 걸어가서 멀리 어둠 속에 빛나
는 그 무인등대를 바라다보았다.

"그러세!"

"지금 당장 가세나!"

노인이 흔쾌히 외쳤다.

　그러고는 평상에서 일어나 석유등을 집어 들고 사립문으로 성큼 다가갔다. 청년이 금세 이쪽으로 달라붙었다. 노인은 막 사립문을 나서려다 문득 생각이 난 듯 석유등을 청년에게 넘겨주고는 잠깐 기다리라고 말한 뒤 서둘러 큰방으로 들어갔다. 거기서 노인은 말코지에 걸어둔 야구 모자를 집어 머리에 눌러쓰고 다시금 방을 나왔다. 모자 정면 한가운데에서 흡사 야광별 스티커인 양 그 작은 오각형의 물체가 깜찍하게 빛을 발했다.

　노인은 사립문으로 다가가 청년에게서 도로 석유등을 건네받았다. 둘은 곧 집을 나와 조심조심 비탈길을 걸어 내려갔다. 이윽고 마을길에 이르자 둘은 방향을 돌려 두런두런 얘기를 나누면서 멀리 언덕 끝에 빛나는 그 외눈박이 등대를 향해 나란히 걸어갔다. 얼마 뒤에 둘은 거기 언덕길을 걸어 올라 저만치서 홀로 두 사람을 기다리는 그 외돌토리 거인(노인) 곁으로 다가갔다.

72. 반추

한참이 지났다.

무인등대 곁에 나란히 앉아 둘은 환한 등댓불이 어루만지는 시월의 밤바다를 내려다보며 야슬야슬 이야기꽃을 피웠다. 노인 혼자 줄곧 말하고 청년은 잠자코 들으면서 간간이 살살 고개만 끄덕거렸다. 선들선들 해풍이 불어왔다가 곧 밤의 살결을 타고 어둠 저 멀리 바다 끝 어딘가로 쉼 없이 노인의 이야기를 실어 날랐다.

이상한 일이었다.

노인은 자꾸만 그 청년에게 자신의 흥금을 죄 털어놓고 싶은 내면적 충동, 혹은 털어놓아야만 할 것 같은 강한 의무감 같은 것이 일었다. 그러면서 서리서리 얽힌 추억의 실타래를 풀어내면 낼수록 노인은 마치 오래된 동무를 다시 만나 모처럼 허물없이 회포를 풀고 있는 듯한 훈훈한 착각에 잠겼다.

노인은 청년에게 자신의 전 생애를 관통하는 그 무인등대와의 기나긴 추억담을 들려주었다. 그러는 동안 청년은 묵묵히 진지한 눈길로 노인의 이야기에 귀를 기울였다.

그사이 무인등대도 어느덧 회상에 잠겨 홀로 은은히 미소를 머금은 채 한 구절 한 구절 정한이 서린 노인의 목소리를 오롯이 음미하며 새삼 심회를 달래듯 침묵으로 되새김질했다. 잇달아 가물가물 옛 기억이 떠오르면서 무인등대는 점차 가슴이 먹먹해오며 눈빛 가득 애환 어린 감회에 젖었다.

그 뒤로 얼마나 지났을까.

노인은 문득 말을 멈추고 절로 고단함에 겨워 청년의 어깨에 살짝 머리를 기댔다. 그러면서 노인은 오래된 기억 하나를 떠올렸다. 언제였던가. 오래전 그날. 소년 무성이 고깃배를 버리고 허겁지겁 단숨에 무인등대로 달려갔을 때, 촌장 할아버지는 홀로 등대에 머리를 기댄 채로 기나긴 말뚝잠이 들어 있었다. 그 모습은 흡사 영원히 죽지 않는 신성한 돌, 무한히 숨을 쉬는 불사의 존재, 곧 머나먼 은하에서 날아온 불멸의 운석처럼 보였다. 그날 그 모습, 긴 세월 곱다랗게 간직해 온 그 아침의 이별, 소년 무성과 촌장 할아버지와의 마지막 그 순간을 회억하며 노인은 서서히 눈꺼풀이 내려앉기 시작했다(그리고 어느 순간, 노인은 사르르 잠이 들었다).

73. 회귀

잠든 노인을 돌아보며 청년은 빙긋 미소 짓고는 곧 고개를 들어 멀리 칠흑에 잠긴 밤하늘을 바라다보았다. 왜 그랬을까. 얼핏 무상감 비슷한 감정이 그의 눈가를 스쳐 지나갔다.

그렇게 홀로 어둠의 심연을 응시한 채 그는 고요히 생각에 잠겼다. 그리고 얼마나 지났을까. 순간 그의 가슴속에서 노인의 목소리가 홀연 귀를 울렸다. 그는 문득 생각을 멈추고 소곤소곤 되울리는 노인의 목소리에 귀 기울였다.

'...돌이켜보면 우리네 인생이란 실상 행복한 것도 불행한 것도 아니라네. 또한 그다지 힘이 드는 것도 그다지 수월한 것도 아니라네. 또한 우리네 인생이 꼭 행복해야 하는 것도 불행해야 하는 것도 아니라네. 또한 우리네 인생이 꼭 만만해야 하는 것도 수고로워야 하는 것도 아니라네. 요컨대 우리에겐 그저 그 나름의 인생 그 자체만이 주어져 있을 뿐이었네. 그렇듯 자신에게 주어진 인생을 바라보는 저마다의 인식의 차이만이 존재할 뿐이었네……'

그렇게 마디마디 되살아온
노인의 숨소리를 따라 거기 어딘가
머나먼 고적 속으로 길고긴 하나의 시간과
하나의 기억과 하나의 역사가 스쳐 지나갔다.

그렇게 한 올 한 올 되살아온
노인의 속삭임을 따라 거기 어딘가
아득한 태고 속으로 길고긴 하나의 운명과
하나의 일생과 하나의 고독이 스쳐 지나갔다.

그리고 또 얼마나 지났을까.

한순간 노인의 야구 모자에서
그 작은 오각형의 별 하나가 떨어져 나와

천천히 어둠을 스치면서

한 마리 작은 반딧불처럼 까물거리며

밤하늘로 날아오르기 시작했다.

74. 끝 혹은 시작

이윽고 별은 멀리 어둠 속에 이르자 돌연 뚝 움직임을 멈췄다. 곧 두꺼운 어둠을 뚫고 별은 반짝반짝 빛을 흩뿌려 검은 밤하늘의 '호흡'을 깨우기 시작했다. 그제야 비로소 빛과 어둠이 점점이 어우러지며 이내 하나의 기억으로 꿈을 꾸면서 마침내 새근새근 잠든 밤하늘의 숨소리가 다시금 허공 속을 울렸다. 바로 그 작은 별 하나와 함께 밤하늘이 스스로 숨을 쉬기 시작하자 잠시 후 그 어둠의 어딘가에서 슬그머니 빛의 눈썹을 그리면서 '사라진' 초승달이 홀연 모습을 드러냈다.

단편소설

지상에서 가장 서글픈 이름,
언어 중의 가장 고결한 언어,
이 땅의 모든 '어머니'께 바칩니다.

탑정(어머니)

　10대 시절부터 불량한 친구들과 섭슬려 온갖 말썽을 부리며 크고 작은 비행을 일삼던 그가 마침내 마음을 다잡고 착실한 삶을 살아가기로 작정한 건 불과 3년 전 어느 날이었다. 그러니까 그가 막 안양교도소를 출소하던 그날부터였다. 얼추 촉법소년 연령이 갓 지난 뒤부터니까 그때까지 그는 줄기차게(아무리 적게 잡아도 십수 번은 족히 되리라) 교도소 감방을 드나들었다.

　그의 범죄 이력을 돌아보면 거개가 폭력과 절도에 관련된 범죄였는데, 20대 초반까진 절도가 주종이었고 그 이후로는 폭력 전과가 대부분을 차지했다. 그나마 다행스러운 건 평소 칼이나 각목 같은 위험한 도구를 쓰는 것은 의도적으로 피했으므로 그 범죄의 피해자들에게 치명적인 위해나 손상을 준 경우는 거의 없었다. 어쨌거나 10대 중반부터 본격적으로 시작된 길고긴 그

의 감옥행은 바로 3년 전 그날 안양교도소 출소를 끝으로 사실
상 종막을 고했다.

　그 뒤로는 마치 전날의 공백을 만회하기라도 할 듯(그는 이미
마흔을 목전에 둔 삼십 대 후반의 나이였다) 그전 세계와는 철저
히 연을 끊고 하루하루 최선을 다해 열심히 살아가기 시작했다.
노점상, 짐꾼, 우유 배달, 쌀 배달, 과일 배달, 음식 배달, 오토
바이 퀵서비스, 대리운전, 공사장 잡역부 등 온갖 허드렛일과 날
일을 마다 않고 밤낮없이 죽어라고 일하면서 오로지 돈을 모으
는 것에만 온 심력을 다 쏟아 부었다.
　그러는 동안 끼니는 거의 아침을 거르고 낮엔 빵 한 개와 우
유 한 개로, 저녁엔 라면 하나와 김치 몇 가닥으로 근근이 주린
배를 채웠다. 그러면서 불쑥불쑥 전날의 기억(일테면 쉽게 살아
가는 방법)들이 되살아나 그의 고단한 현재를 조롱하며 달콤한
악마의 숨결처럼 다가와 그의 영혼을 유혹하며 도발했지만, 끝
끝내 그는 자신과의 약속을 움켜쥐고 감미로운 그 독배를 뿌리
치며 다시금 결연히 갱생의 의지를 다졌다.

　(실은 홀어머니를 위한 결심이었다.)

장날이면 그의 어머니는 으레 남원 운봉시장 한 켠에서 작은 좌판을 벌였다. 집 앞 텃밭에서 키운 푸성귀와 손수 캐어 말린 산나물이 담긴 광주리나 고무 함지를 머리에 이고 나가 하루 온종일 푼돈 벌이 장사를 이어가면서 틈틈이 영치금을 잇대고 면회를 다니며 하나뿐인 자식의 옥바라지를 해 왔다.

출소하기 몇 달 전(어머니가 마지막으로 면회를 왔던 날), 주름진 그 얼굴과 마른 메주처럼 갈라터진 채 돌처럼 굳어버린 그 손등을 보면서 그는 맘속으로 두 번 다시 어머니가 자신을 면회 오는 일이 없게 하리라 다짐하고 또 다짐했다. 출소 후 그는 고향집(남원 운봉읍 동천리)에 내려가 한동안 어머니와 단둘이 시간을 보낸 뒤 어느 날 문득 짐을 꾸려 그길로 곧장 버스에 올라 서울로 되돌아왔다.

"어머니, 조금만 참으세요."

그토록 짧고 아쉬운 모처럼의 재회를 뒤로하고 이제 막 대문을 나서기 전 그렇게 그가 입을 열었다. "딱 5년! 아니, 더도 덜도 말고 3년만 딱 기다리세요, 어머니. 제가 반드시 돈을 모아 어머니를 모시러 다시 올게요. 그때까지만 참으세요, 어머니. 전

화 자주 못 드려도 용서하시구요. 제가 어떻게든 돈을 모아 같이
살 집을 마련해 어머니를 꼭 서울로 모셔갈게요. 행여 제 걱정은
마세요. 이제 더는 어머니 속 끓게 하는 일 없을 거예요. 이젠
절대로 허튼짓은 안 할 테니까요. 약속드릴게요, 어머니. 그니까
아무 걱정 마세요, 어머니. 앞으로 딱 3년. 3년만 더 참아주세요,
어머니. 3년 뒤에 꼭 다시 와서 모셔갈게요. 저랑 단둘이 서울에
서 같이 살아요, 어머니. 그때까지 몸조심하시고... 혹시 아픈 데
라도 있으시면 그냥 또 꿍꿍 참지 말고 바로바로 병원에 가 진찰
받고 꼬박꼬박 약 타다 드시구요......"

　　그는 그렇게 서울로 되돌아왔고 그 뒤로 밤낮없이 돈벌이에
골몰하는 사이 어느덧 3년이란 시간이 훌쩍 지나갔다. 그동안
그는 1년에 딱 두 번, 그러니까 추석과 설날에 각각 한 차례씩 어
머니께 안부 전화를 드렸다. 마음 같아서는 매일같이 또박또박
안부 전화를 넣고 싶었지만, 어서 빨리 돈을 모아 어머니를 서울
로 모셔다가 같이 살 그날을 떠올리면서 일부러 꾹꾹 자신의 욕
구를 눌러가며 다시금 흔들리는 마음을 다잡았다. 아닌 게 아니
라 매번 어머니의 음성을 들을 적마다 그대로 당장 고향으로 달
려가고픈 욕구가 또 울컥울컥 솟구쳤기 때문이었다. 어머니는

늘 그대로였다. 당신은 무탈하니 아무 걱정 말고 너도 젊다고 자신하지 말고 항상 건강 생각해서 잘 챙겨먹고 너무 무리하지 말라는 한결같은 당부의 말씀이었다.

(그의 차는 지금 전주를 향해 내닫고 있었다.)

그가 이웃집 아주머니로부터 뜻밖의 전화를 받은 것은 바로 3주 전 저녁이었다(다시 말해 그가 마침내 남원에 있는 어머니를 서울로 모셔오려고 이제 막 발품을 팔아가며 연일 부지런히 같이 살 집을 알아보고 다니던 중이었다). 조금 전 숙소로 돌아와 샤워를 한 뒤 곧 저녁을 먹으려고 가스레인지 위에 라면 물을 올려놓고 가스불을 켰는데 순간 식탁에서 휴대전화가 울렸다. 얼른 식탁으로 다가가 살펴보니 모르는 번호였다. 받을까 말까 잠시 고민하다 혹 누군가 그에게 일감을 주려고 그의 전화번호를 물어 일부러 전화한 것인지도 모른다는 생각에 그는 후딱 전화를 받았다.

이웃집 아주머니와의 통화 내용을 요약하면 이렇다. 오늘 아침 이웃집에 놉(삯꾼)으로 가 아주머니와 둘이서 들일을 하던 어머니가 점심을 먹고 나서 갑자기 밭두둑에 쓰러져 곧장 구급차를 불러 의료원 응급실로 달려갔는데, 한 시간쯤 뒤에 거기 의사로부터 더 큰 병원으로 모시고 가라는 말을 듣고 나서 곧 다시 어머니를 응급차에 실어 전주에 있는 D병원으로 급히 옮겼다는 것이었다. 그러고 나서 이러저런 조치를 취하느라 경황이 없다가 얼마 후 어머니가 겨우 의식을 되찾은 뒤에야 그의 전화번호를 물어 이렇게 전화를 하게 되었다는 설명이었다.

다음 날 아침.
그는 곧장 강남 고속터미널로 향했다.

몇 시간 뒤 그는 어머니가 입원한 그 대형병원(전주역 인근이었다)에 도착했다. 어머니는 밤새 응급실에 있다가 상태가 좀 호전되어 한 시간쯤 전에 일반 병실로 옮긴 상태였다. 그 뒤 며칠간 어머니는 그의 부축을 받으면서 갖가지 방식의 정밀 진단을 잇달아 받았다. 이틀 뒤 그는 담당의 진료실에서 중년의 그 남의사와 단둘이 마주앉았다. 곧 서로 간에 짧다면 짧고 길다면 긴 대화가 오갔으나 그 요지는 무척 간단명료했다. 앞으로 어머니에게 남아 있는 시간이 길어야 고작 3개월 정도라는 것이었다.

그토록 엄청난 사실을 그리도 담담히 전하는 상대방도 상대방이지만, 그보다는 그 같은 기막힌 현실을 그리도 평온히 듣고 섰는 저 자신이 그는 더한층 놀랍고 신기하면서도 충격적으로 다가왔다. 잠시 후 그는 적당한 틈을 봐 자신이 직접 어머니께 말씀드릴 테니 우선은 나 말고 아무한테도 알리지 말고 비밀로 했으면 좋겠다는 언질을 주면서 상대의 의중을 슬쩍 떠보았다. 담당의는 선뜻 가타부타 말이 없었지만 얼른 그 표정을 읽어보니 그의 뜻을 충분히 고려하겠다는 긍정의 눈빛이었다.

그렇듯 전주에서 일주일을 보낸 뒤 그는 임시로 간병인을 사서 당분간 어머니를 맡겨두고 그길로 곧장 서울로 되돌아왔다. 그 뒤 그는 사흘 낮밤을 잠 한숨 자지 않고 자기 방에 틀어박혀 연거푸 깡술만 들이켜면서 남몰래 훌쩍훌쩍 아이처럼 서럽게 숨죽여 울었다. 그러고는 갑자기 술에 취해 쓰러진 채 다시금 사흘 낮밤을 잇달아 죽은 듯이 그대로 곯아떨어졌다. 마침내 잠에서 깬 그는 곧바로 주인아저씨를 만나 일주일 뒤 급히 집을 비울 수밖에 없는 저간의 사정을 털어놓았다.

그런 다음 자신이 지니고 있던 통장들을 한데 모아놓고 꼼꼼히 계산기를 눌러가며 그 전체의 합계액을 계산했다. 그러고 나서 직접 은행에 가 그 통장의 돈을 모두 오만 원 권 현금으로 인

출했다. 이어 그는 틈틈이 키워온 돼지저금통 두 개를 뜯어 동전 별로 따로 분리한 뒤 인근 은행으로 가져가 만 원 단위까진 전부 지폐로 교환하고 그 나머지 잔돈은 거기 불우이웃돕기 모금함에 넣었다. 그리하여 지난 3년간 자신이 모은 돈의 총액(곧 돌려받을 월세 보증금 천만 원은 미포함)을 계산해보니 대략 7천 6백 8십 5만원 정도였다.

마침내 전주에서 서울로 돌아온 뒤 2주일쯤 지났을 때 그는 미리 3개월치 렌트비를 선불하고 가져온 최고급 승용차를 타고 번듯한 양복 차림으로 다시금 어머니가 입원한 전주의 그 대형 병원으로 향했다. 그 차의 트렁크에는 그의 전 재산이 들어 있는 낡은 쇼핑백 하나가 덜렁 드러누워 있었다. 얼마 후 그의 차는 호남제일문을 지나 다시 한참을 달려 전주역 인근에 있는 그 대형병원에 도착했다. 그는 먼저 담당의와 상의한 뒤 어머니를 곧장 특실로 옮겨 대략 한 달 반가량 더 그곳에 입원시켰다. 그런 뒤에 다시 담당의와 상의하여 다음 날로 즉시 어머니를 퇴원시켰다. 그사이 어머니는 얼추 전날의 건강 상태와 비슷한 정도로 기력을 되찾았다.

얼른 보아서는 그저 며칠 동안 가벼운 감기몸살을 앓고 난 사람 같았다. 그는 어머니를 차에 태우고 먼저 남원에 있는 고향집으로 모시고 갔다. 거기서 그는 연이어 사흘 동안 마을회관에서 동네잔치를 벌였다. 어머니의 회복을 축하하고 그간 여러모로 어머니를 위해 애써주신 동네 어른들에 대한 감사와 성의를 표한다는 명분이었다.

또한 지난날 자신의 과오로 인해 어머니와 마을 어른들께 끼친 심려와 불편에 대한 진실한 반성과 가책의 의미도 같이 담았다. 그러면서 그는 집집마다 빠짐없이 준비한 선물을 나눠드리고 특별히 어머니를 손수 병원으로 모시고 갔던 이웃집 아주머니는 따로 남원 시내의 한 가전매장으로 모시고 나가 기꺼이 최신형 김치냉장고 한 대를 사서 안겨드렸다. 마침 시골집에 다니러 와 있던 아주머니의 셋째 딸(그녀 이름은 선숙이었다)이 그들 두 사람이 시내에 다녀오는 동안 그의 집에 가서 그의 어머니를 대신 지켜봐드리기로 했다.

선숙은 그보다 두 살 아래로 아잇적에 "창수 오빠야, 창수 오빠야!" 부르면서 그를 썩 잘 따르던 귀여운 여자애였다. 돌아오는 길에 아주머니께 들으니 아직 혼자 사는 모양이었다(그녀는 지금 수원역 지하상가에서 자그마한 옷가게를 하고 있었다). 그날 오후 6시경, 그녀는 자신의 소형 승용차에 올라 혼자 수원으로 되돌아갔다.

그로부터 나흘 뒤 그는 돌연 어머니를 모시고 고향집을 나와 그길로 곧장 서울로 차를 몰았다. 그렇게 서울로 돌아온 뒤 그는 곧 명동의 한 백화점으로 차를 돌렸다. 거기서 그는 때깔 고운 고급 옷 한 벌을 골라 자신의 손으로 직접 어머니께 입혀드렸다. 그런 다음 그는 강남의 한 오성급 호텔로 가 두 사람이 묵을 방(스위트룸)을 잡아놓고 다시금 어머니와 함께 호텔을 나왔다.

얼마 후 그는 어느 최고급 뷔페에 가서 어머니와 함께 나란히 앉아 식사를 했다. 그런 뒤에 그는 어느 영화관에 들러 어머니와 또 나란히 앉아 팝콘을 먹으면서 최신 영화를 감상했다. 난생처음 겪는 일인지라 어리둥절 놀라면서도 어머니는 내내 환히 웃으면서 그저 묵묵히 당신 아들이 이끄는 대로 그 자신을 내맡겼다.

그 뒤로는 날마다 서울 시내 곳곳의 이름난 식당들을 찾아다니며 어머니와 단둘이 함께 식사를 하고... '방송국, 식물원, 박물관, 수족관, 서울대공원, 경복궁, 창덕궁, 인사동, 이태원, 명동, 광장시장, 약령시장, 수산시장, 축산시장, 남산타워, 롯데월

드타워, 북촌 한옥마을, 국회의사당' 등등 할 것 없이 부지런히 사방으로 어머니를 모시고 다니면서 온갖 곳을 다 구경시켜 드렸다(걷다가 힘드시면 곧바로 앉아 쉴 수 있도록 미리 접이식 캠핑의자도 하나 따로 사서 트렁크에 싣고 다녔다).

어느 날 여의도 63빌딩 뷔페에 모시고 가 식사를 한 뒤 그가 한강에서 유람선을 태워드렸을 때 어머니는 정말로 행복해 보였다. 하루는 무작정 노래방으로 모시고 가 어머니가 제일 좋아하는 '수덕사의 여승'과 '돌아와요 부산항에'를 몇 번이고 되풀이해 쉬지 않고 불러드렸다.

그랬다. 어머니의 고향은 부산이었다(또한 그녀의 성과 이름은 '손순복'으로 그 성씨의 관향은 경남 밀양이었다). 부산에서 나고 자라 10대 중반 논산으로 출가한 뒤 거기서 시어른을 모시고 10여년을 살다가 비로소 분가를 허락받고 한때 전북의 한 산마을에 둥지를 틀었다가 이후 지금의 자리인 남원 운봉읍 동천리로 옮겨와 터를 잡았다(좀 더 덧붙여 설명하면, 처음에는 임실군 신평면 호암리 272번지에 살았는데, 어느 날 그 지역에 군부대가 들어서면서 주변 마을이 통째로 수용되었고 결국 그 흐름

275

에 밀려 정든 집터와 삶의 궤적, 숱한 그 정회와 기억과 애환의 빛깔들을 뒤로하고 그곳 면 소재지인 신평면 원천리 498의 1번지로 옮겨갈 수밖에 없었다. 당시 그녀의 부군인 '이희춘'은 육이오 참전 상이용사로 그곳 면사무소에서 서기로 재직하고 있었다).

그 뒤로는 죽 같은 자리에서 살았다. 그로부터 8년 뒤 바로 그 집에서 하나뿐인 자식인 그가 태어났다. 어머니는 늘 그 노래들을 흥얼거렸다. 어쩜 알고 있는 노래가 그 노래 두 개뿐인지도 몰랐다. 그가 어머니를 위해 그 노래들을 불러드린 것은 이때가 처음이었다.

그렇게 어머니와 함께한 지 3주쯤 지났다.

그즈음 어머니의 몸 상태가 급격히 안 좋아졌다.

음식을 먹는 족족 화장실로 달려가 죄 게워내곤 했다. 그러면서 무시로 또 바닥에 풀썩 주저앉아 손바닥으로 입을 틀어쥔 채 잇달아 웩웩대면서 건구역질을 해댔다. 얼른 병원으로 모셔가려 했지만 어머니는 어쩐 일인지 극구 만류하면서 단지 소화제와 진통제를 좀 사다 달라는 요구뿐이었다. 그가 약을 사다 드리자 어머니는 통증이 올 적마다 수시로 입속에 진통제를 털어 넣었다.

그 순간 그는 커다란 내적 갈등에 휩싸였다. 그의 머리에서 대번 두 개의 서로 다른 의지가 충돌했다. 지금 당장 병원으로 어머니를 모시고 가야 한다는 하나의 의식과 동시에 이번에 병원으로 모시고 간다면 어머니는 끝내 두 번 다시 병원 문을 나서지 못하리라는 또 하나의 의식이 서로 팽팽히 맞붙어 맹렬히 드잡이하고 있었다.

그런 상태로 마음을 쉬 정하지 못한 채 그는 비감에 잠겨 절로 괴로움에 몸부림쳤다. 그러면서 곧 대상 모를 누군가를 향한 극도의 원망과 분노와 울분이 솟구쳐 올랐다. 정말이지 울화가 치밀어 올라 당장 가슴이 터져나갈 지경이었다. 그렇듯 지글지글 끓어오르는 열분을 참지 못해 금시라도 발칵 성을 내면서 잇달아 길길이 날뛰며 무심한 그 허공을 향해 목이 터져라 꽥꽥 고함이라도 내지르고 싶은 심정이었다.

그러다 마침내 그는 이렇게 결심했다. 즉 병원행이 아닌, 남아 있는 시간만이라도 어머니께 마음껏 자유를 선물해 드리자는 자기만의 결단(이는 차가운 머리나 차분한 이성이 아닌 다만 붉고 뜨겁고 거세게 끓어오르는 심장의 포효, 혈관의 절규, 슬프도록 참혹한 한 인간의 고뇌 어린 몸짓이었다)에 이른 것이다. 그 후 얼마 안 가 어머니는 낯빛이 되돌아오고 이어 욕지기도 한결 숙어지면서 자연 입맛도 따라 되살아났다.

"어머니, 부산에 가고 싶지 않으세요?"

어느 날 밤, 호텔방에서 문득 어머니한테 물었다. 그날도 모자는 밤이 이슥토록 잠을 못 이루고 작은 탁자를 사이에 둔 채 또다시 창가에 마주앉아 있었다. 어머니는 잠시 생각하는 듯하더니 그대로 가만가만 머리를 흔들었다. "왜요, 어머니? 어머니 고향이잖아요. 가요, 어머니? 모셔다 드릴게요." 어머니는 여전히 고개만 살살 가로저을 뿐 아무 말도 하지 않았다. 그러다 이윽고 이렇게 입을 열었다.

"탑정에 가고 싶구나."

다음 날 오후.

둘은 점심을 먹고 난 뒤 곧장 논산으로 차를 몰았다. 그의 차가 논산 탑정리에 도착한 것은 오후 5시경이었다. 먼저 두 사람은 전에 어머니가 살던 그 작은 초가집 쪽으로 가보았다. 이제 그 자리엔 그 시절 그 초가집 대신 번듯한 2층 주택 한 채가 자리잡고 있었다.

얼마 후 두 사람은 탑정호 쪽으로 차를 돌렸다. 저만치 보이는 초가을의 탑정호는 고즈넉한 침묵을 안고 함초롬히 젖은 채로 청초하게 누워 있었다. 거기 한옆에 차를 세우고 접이식 캠핑의자를 손에 든 채 그는 어머니와 함께 천천히 호숫가를 걸으면서 주변 경치를 둘러보았다. 눈길 가득 탑정호를 품어 안고 점점이 산책객들이 흩어져 그윽한 초가을의 풍치를 즐기면서 저마다 여유롭고 너그러운 한때를 보내고 있었다. 저만치 드러누운 호숫빛 만큼이나 잔잔하고 아늑하면서도 풍요로운 오후였다.

그사이 변모한 이곳 수변 풍경에 어머니는 자못 신기한 듯 놀라워하면서도 한편으론 또 흐뭇해하는 기색이었다. 두 사람은 그렇게 산책로를 걷고 출렁다리를 건너고... 그러면서 간간이 어머니를 멈춰 세우고(또는 앉히고) 몇몇 조형물을 배경으로 여러 장의 독사진을 찍어 드렸다. 그러다 그는 산책객 한 분을 불러 세우고 곧장 자신의 휴대폰을 건네준 뒤 어머니와 나란히 붙어 앉아 두 모자만의 특별한 기념사진도 한 장 찍었다. 그러는 동안 어머니의 얼굴에는 내내 웃음기가 떠나지 않았다.

어느덧 시간이 흘러 석양녘이 되었다.

둘은 이제 호수 한옆에 나란히 앉아 저만치 수면 위로 드리운 노을빛을 바라다보았다. 어머니는 접이식 캠핑의자에 걸터앉았고 그는 어머니 곁 바닥에 따로 앉았다. 모자는 잠시 침묵하더니 다시금 나직나직 이야기를 주고받기 시작했다. 그런 어머니의 모습은 이상하리만치 편안해 보였다. 흡사 식후에 잠시 산보라도 나온 듯이 평온한 표정이었다. 그런 어머니와 달리 그는 내내 말 못할 아쉬움과 삶에 대한 허무감에 짓눌린 채 저도 모르게 폴폴 한숨이 새어 나왔다. 그토록 불안정한 인간의 운명과 위태롭기 그지없는 생명의 연약함에 대한 깊은 회의감에 붙들려 극심한 무기력감에 빠져들고 있었다.

그 뒤로 얼마쯤 지났다. 그사이 하나둘 산책객이 돌아가기 시작하더니 이윽고 마지막 인적마저 멀어지면서 호수에는 오롯이 두 사람만 남았다. 그새 스멀스멀 하늘가를 잠식하며 저녁 어스름이 드리우기 시작했다. 그렇게 동그마니 앉아 짙어가는 석양빛을 바라보며 모자는 묵연히 생각에 잠겼다. 멀리 서녘 하늘 너머로 기울어가는 잔양 아래서 호면은 더 그윽한 빛으로 물이 들었다.

어느덧 아스라한 고적을 안고 인적 없는 탑정호는 홀로 상념에 잠겼다. 그런데 그때였다. 순간 쭈뼛쭈뼛하면서 그가 양복 안주머니에 한쪽 손을 집어넣었다. 바로 그 안에는 그가 꾹꾹 서툰 필체로 눌러쓴 편지 한 통이 들어 있었다. 이는 어머니께 올리는 편지였다. 어쩌면 그것은 그가 누군가에게 손수 쓴 생애 최초의 편지인지도 모른다. 그는 막 그것을 꺼내 어머니께 직접 읽어드리려던 참이었다. 거기 반의반으로 접힌 그 편지지에는 이런 내용이 씌어 있었다.

〈어머님 전 상서〉

어머니, 저의 어머니가 되어주셔서 고맙습니다.
어머니, 당신을 만나 행복했습니다.
어머니, 당신과 함께해서 행복했습니다.
어머니, 당신의 자식으로 태어나 행복했습니다.
어머니, 어머니, 높고 높은 어머니.
당신을 사랑합니다. 당신을 존경합니다.

어머니, 어머니, 넓고 넓은 어머니.

당신을 사랑합니다. 당신을 존경합니다.

어머니, 크고 크신 그 은혜 잊지 않겠습니다.

어머니, 저의 어머니가 되어주셔서 고맙습니다.

어머니, 당신과 함께여서 행복했습니다.

어머니, 당신의 자식이어서 행복했습니다.

....

"에미가 왜 부산에 가지 않겠다고 했는지 아니?"

순간 문득 적요를 깨고 어머니가 다시 입을 열었다. 그는 주
춤 손을 멈추고 고개를 돌려 어머니를 바라보았다. "그리하면 차
마 고향을 두고 마음 편히 떠나지 못할 것 같았기 때문이란다."
그는 양복 안주머니에서 슬쩍 손을 거두고 조용히 시선을 돌려
저만치 수면 위에 깃든 마지막 한 점의 저녁놀을 바라다보았다
(그러면서 왠지 그 편지를 읽어드릴 기회가 영영 오지 않을 것만
같은 불길함이 그의 폐부를 찔러왔다).

"알고 있었단다. 얼마 남지 않았다는 걸. 내 병은 하루아침에
생긴 게 아니란다. 창수야, 에미가 왜 너 하는 대로 마냥 따라준

줄 아니? 혹여... 에미가 떠난 뒤에 혼자 남을 네가 남은 평생 마음의 짐을 지고 살아가는 걸 두고 볼 수 없었기 때문이란다. 허니... 이렇게라도 네가 에미를 위해 원 없이 애를 쓰고 나면... 그나마 조금은 마음의 짐을 덜 수가 있지 않겠니......"

그는 아무 말이 없었다. 울고 있었다. 저도 몰래 파르르 입술이 떨렸다. 살갗이 아리고 심장이 시리고 그러면서 자꾸만 목젖이 따끔거렸다. 별안간 영혼이 왜소해지고 자아는 단번에 추레한 몰골로 변해버렸다. 그저 자책감인지 자괴감인지 모를 처량한 죄의식에 잠겨 잇달아 볼을 타고 소리 없는 눈물이 흘러내렸다. 그리하여 흘러내린 눈물이 처음 입술에 닿았을 때 그는 언뜻 소금기를 느꼈다. 그랬다. 신맛도 쓴맛도 아니었다. 난생처음 그는 자신의 눈물에서 짠맛이 난다는 걸 알았다. 그리하여 그것은 또한 '바다, 하늘, 영원... 그리고 그토록 고독하고 거룩한 이름, 바로 어머니의 체취'였다.

"자, 받거라."

순간 어머니가 다시 입을 열었다. 그가 돌아보자 어머니의 손에는 반투명(PVC) 통장 케이스 하나가 들려 있었다. 그 안에는 통장도 카드도 도장도 없이 무슨무슨 숫자인가가 적힌 작은 쪽지 한 장만 달랑 들어 있었다.

"받거라. 에미가 평생 모은 거란다. 지난 석 달 동안 네가 에미를 위해 애쓴 만큼은 될 게다……" 곧 눈을 떨구고 입을 꾹 다문 채로 그는 아무 반응이 없었다(파리한 입술. 불안한 눈동자. 제풀로 떨리는 눈꺼풀). 이어 몇 초간 기이하고도 낯선 정적이 내려앉았다. 어느덧 시간마저 깜박 그 흐름을 잊은 듯했다. 그런 침묵 속에서 참회의 몸부림인지, 한탄의 속울음인지, 흡사 딸꾹질을 하듯 잇달아 그의 어깨가 들먹거렸다. 그러자 어머니는 종이쪽지 하나뿐인 그 반투명 통장 케이스를 손에 꾹 움켜쥐고는 이렇게 다시 입을 열었다.

"이 쪽지는 그 애 전화번호란다."
"이전 날 그 애가 적어주더구나."

잠시 숨을 고른 뒤 어머니는 말을 이었다.

"아직 혼자라는구나."
그러고는 또 나직이 숨을 골랐다.

"그리고... 통장과 도장은......"

어머니가 또 말을 이었다.

"그 아이 손에 쥐어주었단다."

그러고는 한동안 아무 말이 없었다.

"얘야, 부탁이 있구나."

어머니가 다시 입을 열었다.

"노래를 불러다오."

"그 노래가 듣고 싶구나."

잠시 후 그는 가만히 몸을 일으키고는 멀리 호수 저편을 바라다보며 나지막한 소리로 노래를 부르기 시작했다(그러면서도 그의 마음은 계속 양복 안주머니에 넣어 둔 그 편지에 가 있었다). 바로 그 노래였다(수덕사의 여승). "인적 없는 수덕사에~ 밤은 깊은데~ 흐느끼는 여승의 외로운 그림자~~" 그렇게 자꾸만 순간은 또 흐르고 그는 계속 그 노래를 이어 불렀다.

법당에 촛불 켜고 홀로 울 적에~

아아아~ 수덕사의 쇠북이 운다~~

이윽고 노래를 마치고 그는 잠시 침묵하다가 이번에는 노래를 바꿔 '돌아와요 부산항에'를 부르기 시작했다(그러면서도 그는 여전히 양복 안주머니에 넣어 둔 그 편지를 읽어드릴 기회만을 생각하고 있었다). "꽃 피는~ 동백섬에~ 봄이 왔건만~~" 그러는 동안 어머니는 지그시 눈을 감고 아들의 노랫소리에 포근히 그 가슴을 맡겼다.

형제 떠난~ 부산항에~ 갈매기만~~

그의 목소리는 이내 켜켜이 목이 메어 가없는 설움 속으로 축축이 잠겨들고 있었다. 동시에 그의 낯빛은 점점 핏기 없이 창백하게 변해가고 있었고 그의 심장은 그 순간 처절하리만치 서럽게 박동하면서 잇달아 조각조각 부서진 녹슨 기계 부속인 양 초라하게 너덜거렸다.

그리고 그때였다.

어머니가 갑자기 손에 든 그 통장집을 더욱더 꼭 힘주어 움켜쥐었다. 뭐랄까. 그 모습은 흡사 그 통장집을 떨어뜨리지 않으려고 마지막 안간힘을 쓰는 것처럼 보였다. "목 메여~ 불러 봐도 ~ 대답 없는~~" 어슬어슬 짙어가는 땅거미 사이로 그의 노래는 더 추적추적 탑정호를 울리며 (거기 사그라져 가는 초췌한 그 빛살만큼이나 덧없는 몸부림으로......) 자꾸만 더 아스라한 꿈속으로 서글피 젖어들었다. "돌아와요~ 부산항에~ 그리운~~" 그리하여 한순간 어머니의 움켜쥔 손아귀가 사르르 풀리면서 그 통장집은 맥없이 바닥으로 툭 떨어져 내리고 말았다.

바다와 꽃신

2023년 10월 14일 초판 1쇄 인쇄
2023년 11월 07일 초판 1쇄 발행

지은이 : 이천도
펴낸이 : 이미례
펴낸곳 : 미래성
주소 : 서울 관악구 남부순환로180길 32, 303호
모바일 : 010-8927-8783
팩스 : 02-6305-7076
메일 : duutaa@naver.com, miraesung7@hanmail.net
ISBN 979-11-958899-7-6

이 도서의 국립중앙도서관 출판예정도서목록(CIP)은
서지정보유통지원시스템 홈페이지(http://seoji.nl.go.kr)와
국가자료공동목록시스템(http://www.nl.go.kr/kolisnet)에서 이용하실 수 있습니다.
(CIP제어번호: CIP2018011458)